novum ✍ pro

FRANZI HERMANN

Der lange Weg des Hieronymus K.

novum pro

Dieses Buch ist auch als
e-book
erhältlich.

www.novumverlag.com

Bibliografische Information
der Deutschen Nationalbibliothek:

Die Deutsche Nationalbibliothek
verzeichnet diese Publikation in
der Deutschen Nationalbibliografie.
Detaillierte bibliografische Daten
sind im Internet über
http://www.d-nb.de abrufbar.

Alle Rechte der Verbreitung,
auch durch Film, Funk und Fernsehen,
fotomechanische Wiedergabe,
Tonträger, elektronische Datenträger
und auszugsweisen Nachdruck,
sind vorbehalten.

Gedruckt in der Europäischen Union
auf umweltfreundlichem, chlor- und
säurefrei gebleichtem Papier.

© 2023 novum Verlag

ISBN 978-3-99146-153-1
Lektorat: Leon Haußmann
Umschlagfoto:
Uwe Moser I Dreamstime.com
Umschlaggestaltung, Layout & Satz:
novum Verlag

www.novumverlag.com

Climate neutral
Print product
ClimatePartner.com/16547-2201-1002

Inhaltsverzeichnis

Erstes Kapitel 7

Zweites Kapitel 36

Drittes Kapitel 71

Viertes Kapitel 82

Fünftes Kapitel 91

Sechstes Kapitel 107

Siebtes Kapitel 119

Epilog 133

Erstes Kapitel

Spätsommer 1599, Leoben, Steiermark

Ihm war kalt, als er aufwachte. Die Sonne hatte sich noch hinter den Bergen versteckt, nur das fahle Mondlicht erhellte die Ritzen seiner kleinen Kammer oberhalb der Wirtschaftsräume. Die Fensterläden hatte er verschlossen, damit die kalte Herbstluft noch ein wenig ferngehalten wurde.

Er hatte schlecht geschlafen, immer wieder war er aufgewacht und hatte sich Sorgen um eine seiner Kühe gemacht, die sich gestern am rechten Vorderfuß verletzt hatte, nun ein geschwollenes Fußgelenk hatte und arg humpelte. In drei Tagen sollte es hinabgehen ins Tal, wo die Besitzer der siebenunddreißig Kühe auf die Rückkehr von der Alm warteten, die er, Hieronymus Köhler, gemeinsam mit einem weiteren Senner, dem Strobel Alois und einer Sennerin, der Stalhuber Liesl, den Sommer über auf der Kreuzeckalm oberhalb von Leoben betreute.

Die Kreuzeckalm war eine Alm, von der aus man einen wunderbaren Blick auf das angrenzende Bergpanorama hatte. Auf der Alm wuchsen die verschiedensten Kräuter, die der Milch und dem daraus gewonnenen Käse ihr spezielles Aroma gaben.

Kurz oberhalb der Alm wuchsen Latschenkiefern, die bei einem Steinschlag die Wucht der herabstürzenden Gesteine ein wenig bremsten und so die Alm ein wenig schützten.

Ein paar Murmeltiere hatten ihren Bau ganz in der Nähe. Sie waren stets aufmerksam, aber dennoch recht zutraulich, hatten sie sich doch an die anderen Almbewohner längst gewöhnt.

Ein kleiner Bergbach spendete mit seinem frischen Quellwasser immer genug zu trinken für Mensch und Tier.

Die Almhütte war schon in die Jahre gekommen, erfüllte aber noch immer ihren Zweck. Lediglich die Fundamente waren aus Stein, alles andere war aus massiven Holzbalken zu einer Blockhütte zusammengefügt, die dem stetigen Einfluss des Wetters inzwischen ihren Tribut zollten.

Im Sommer ließ es sich hier ganz gut leben, im Winter allerdings wohnte hier niemand. Die Bewohner waren mit den Kühen ins Tal gezogen und hatten die Hütte verlassen. Wenn der Winter Einzug hielt, war sie regelmäßig schon frühzeitig eingeschneit.

Der Strobel Alois war ein junger Mann und gerade einmal fünfzehn Jahre alt. Er war das erste Mal, dass er als Senner mit auf der Alm war, und Hieronymus musste anerkennen, dass Alois trotz seiner jungen Jahre die Arbeit auf der Alm gut machte. Er melkte zügig die ihm zugewiesenen Kühe, mistete den Stall ordentlich aus und half bei der Käseherstellung tatkräftig mit. Er war bescheiden und zurückhaltend, hatte aber immer einen übermäßigen Appetit, was bei Jugendlichen in seinem Alter und bei der schweren Arbeit auf der Alm auch niemanden wundert. Wenn sich einmal eine Kuh verstiegen hatte und am Nachmittag nicht zum Melken kam, war Alois es, der schnell und behände den Berg hinauflief, um die verirrte Kuh zu suchen und zurück zur Almhütte zu treiben.

Die Stalhuber Liesl war schon eine alte Frau über Fünfzig. Ihr machte das Rheuma arg zu schaffen und mit dem Hören war es auch nicht so gut. Sie war schon viele Jahre als Sennerin auf der Alm gewesen und kannte alle Probleme, die den Sommer über auf der Alm auftreten. Sie war hauptsächlich für die Käseherstellung verantwortlich. Hier hatte sie die meiste Erfahrung und ihr Bergkäse war von außerordentlicher Qualität.

Außerdem versorgte sie die Männer mit schmackhaftem Essen und backte ein köstliches Brot.

Das Melken der Kühe übernahmen. die Männer, Liesl hatte ohnehin genug zu tun und mit ihren vom Rheuma steifen Fingern war ein Melken kaum möglich.

Während Hieronymus und Alois gemeinsam in einer Kammer unter dem Dach schliefen, hatte Liesl eine kleine Kammer im Erdgeschoss, unmittelbar am Stall. Die Kühe spendeten ein wenig Wärme und so war es auch in Liesls Kammer nachts angenehm warm.

Die Kühe waren nur tagsüber auf der Almweide, nachts blieben sie im Stall, denn in dieser einsamen Gegend streifte ein alter Braunbär umher, der durchaus in der Lage war, eine Kuh zu reißen, um sich daran satt zu fressen. Einmal hatte er auf der Nachbaralm, auf der die Ziegen des Dorfes gehütet wurden, mehrere Ziegen gerissen. Das sollte den Kühen, für die Hieronymus verantwortlich war, nicht passieren.

Hieronymus Köhler war nun schon sechs Jahre Knecht auf dem Bergkramerhof. Als er dreizehn Jahre alt war, hatte er seine Arbeit dort begonnen und war nun schon im dritten Jahr den Sommer über auf der Alm. Stets hatte er die Arbeit zur vollsten Zufriedenheit seines Bauern und der Besitzer der übrigen Kühe ausgeführt und nun, in diesem Jahr, musste sich ausgerechnet die beste Kuh drei Tage vor Almabtrieb am Fuß verletzen! Welch ein Pech!

Zwar hatte Hieronymus immer eine Salbe parat, die er aus selbst gesammelten Kräutern hergestellt hatte. Damit hatte er das Gelenk der kranken Kuh auch schon mehrmals eingerieben, trotzdem konnte sie mit dem rechten Vorderfuß wegen der Verletzung nicht fest auftreten. Ein riesiges Problem beim Almabtrieb, denn der Weg ins Tal führte mehrere Kilometer über steiniges Gelände und über enge und steile Pfade.

Hieronymus hörte von ferne die Turmuhr der Sankt Jakobus Kirche von Leoben fünf Uhr schlagen. „Noch eine halbe Stunde", dachte er, „dann läuten die Glocken zur Frühmesse für die Katholiken." Die Katholiken hatten längst die Mehrheit im Land, nachdem Erzherzog Ferdinand II. seit 1590 die Herrschaft über Innerösterreich, also über Kärnten, Krain und die Steiermark, zu der auch Leoben, der Heimatort von Hieronymus Köhler gehört, übernommen hatte.

Erzherzog Ferdinand II. war ein überzeugter Katholik und würde seinen Untertanen den Protestantismus, den sein Vater Erzherzog Karl II. zumindest toleriert hatte, schon austreiben. Was bildete sich dieser Luther eigentlich ein? Seine katholische Kirche reformieren? Eine Bibel, die jeder lesen kann? Keine Beich-

9

te mehr? Pastoren, die heiraten und Kinder haben? Nein! Nicht mit ihm!

Ferdinand II. war am 5. Juli 1578 in Graz geboren, hatte bei den Jesuiten, die den Protestantismus kategorisch ablehnten, das Gymnasium besucht und studiert. Hier war ihm gelehrt worden, dass es einen Protestantismus nicht geben dürfe und nur allein der Katholizismus die einzig richtige Religion sei. Diese Erziehung bei den Jesuiten dürfte maßgeblich für seine spätere Ablehnung gegenüber dem Protestantismus gewesen sein.

Ferdinand war bereits 1590 nach dem Tode seines Vaters Karl II. Erzherzog von Innerösterreich geworden. Da er aber noch nicht volljährig war und zunächst noch von den Jesuiten unterrichtet wurde und studierte, führte seine Mutter erst einmal die Geschäfte.

1596 trat er eine Pilgerreise nach Lorento in den Marken an. Hier legte er ein freiwilliges Gelübde ab, wonach er den Katholizismus um jeden Preis wieder zur allgemeinen Religion in seinem Land machen wolle. Auf dieser Reise hatte er auch Papst Clemens VIII. getroffen, der ihn in seiner negativen Ablehnung des Protestantismus bekräftigte. So kehrte Ferdinand II., gefestigt in seiner Meinung, aus Lorento in den Marken zurück nach Graz und vertrat von nun an einen Kurs der Absolution und der Gegenreform.

Im Dezember 1596 huldigten ihm die Stände der Steiermark, ein Jahr später die von Kärnten und der Krain. Nun konnte er damit beginnen, sein Gelübde einzulösen.

Viel zu viele seiner Untertanen hatten sich schon zum evangelischen Glauben bekannt. Das musste geändert werden! Sofort! Mit allen Mitteln. „Besser eine Wüste regieren als ein Land voller Ketzer!", soll Ferdinand II. einmal geäußert haben.

Entweder diese Protestanten verließen sein Land oder sie würden hart bestraft werden! Noch bevor das Jahrhundert beendet sein würde, sollten alle seine Untertanen wieder katholisch sein. Dafür blieb nicht viel Zeit!

Um dieses Ziel zu erreichen, rief er die Fürsten seines Landes zusammen und befahl ihnen, dafür zu sorgen, dass sämtliche

Protestanten bis zum Jahresende zu den Katholiken konvertieren. „Sollten sie sich weigern, bestraft sie hart. Verprügelt sie, steckt ihre Häuser in Brand oder werft sie in den Kerker! Vernichtet ihre Kirchen und verwüstet ihre Friedhöfe! Keiner soll ungeschoren davonkommen!", befahl er und ließ keinen Zweifel an seiner Entschlossenheit aufkommen.

Nicht alle Fürsten aber waren der gleichen Meinung. Einige von ihnen waren Protestanten und so wurde in einigen Fürstentümern nur sehr zögerlich mit der Umsetzung begonnen.

In Graz allerdings hatte man auf diese Anordnung längst gewartet und war froh, nun den Protestanten den Kampf ansagen zu können. Zuerst wurden alle evangelischen Bücher eingesammelt und, wie es heißt, Wagenladungen davon auf dem Marktplatz verbrannt.

Dann waren die Priester und Gelehrten dran. Sie wurden des Landes verwiesen. Unter ihnen der Mathematiker Johannes Kepler. Anschließend sollten die wohlhabenden Geschäftsleute zum Katholizismus konvertieren. Da viele dieser Aufforderung nicht nachkamen, wurden auch sie des Landes verwiesen. Letztendlich führte das dazu, dass die Wirtschaft des Landes schwer geschädigt wurde.

Hieronymus war, wie seine Eltern und Geschwister, ein überzeugter Protestant. Alle waren ehrlich, fleißig und fest in ihrem Glauben. Auch Drohungen und harte Strafen, von denen man gehört hatte, brachten sie nicht davon ab, ihrer evangelischen Kirche die Treue zu halten.

„Mein Sohn, sei stark in deinem Glauben und vertraue auf Gott! Lass dich durch nichts und von niemandem von deiner Überzeugung abbringen und bleibe unbeirrt auf deinem Weg!", hatte ihm einmal sein Vater mit auf den Weg gegeben.

Auch Hieronymus hatte von dem Vorhaben des Erzherzogs Ferdinand II. gehört, doch hatte er alle Bedenken mit einer Handbewegung abgetan und gemeint, ihn und seine Familie würde das nicht betreffen.

Der Herzog würde schon zur Vernunft kommen und den Protestanten ihren Platz lassen, schließlich zahlten sie ihren Zehnten ebenso wie die Katholiken.

Während er, schon wach, noch auf seinem Strohlager ruhte und auf den neuen Morgen wartete, machte er sich Gedanken über sein Leben und seine Zukunft. Schon in wenigen Monaten würde das Jahrhundert zu Ende gehen und man würde das Jahr 1600 schreiben. Was das neue Jahrhundert wohl bringen würde? Würde er noch weitere Jahre beim Bauern auf dem Bergkramerhof arbeiten? Würde er weiter jeden Sommer auf der Alm verbringen? Würden seine Eltern, die eine gut gehende Tuchhandlung betrieben, weiterhin auch ohne ihn zurechtkommen?

Würden alle gesund bleiben und würde die Ernte so gut werden, dass alle satt zu essen hätten und nicht hungern müssten?

Nun gut, sein älterer Bruder war ebenfalls im Tuchhandel tätig. Dieser sollte das Geschäft einmal übernehmen. Aber jetzt arbeitete er noch in Graz in einem großen Handelshaus, um seine Kenntnisse zu vertiefen.

„Vielleicht hätte ich doch besser zu Hause bleiben sollen, um den Eltern zu helfen. Aber der Tuchhandel gefiel mir ganz und gar nicht. Den ganzen Tag im Geschäft stehen und kein Tageslicht sehen? Nein, das wäre nichts für mich! Ich brauche Freiheit und die Natur, auch wenn es manchmal eine harte Arbeit ist!", dachte er und war mit seiner Arbeit als Senner auf der Alm voll und ganz zufrieden.

Über allem stand aber die Frage, was aus ihm werden würde. Er war nun neunzehn Jahre alt und noch nicht verheiratet. Es gab einmal ein Mädchen im Dorf, das hätte er sich als seine Frau vorstellen können. Sie war hübsch und gut gewachsen. So ein Mädchen wünschte er sich zur Frau. Nur leider hatten ihre Eltern etwas anderes mit ihr vor. Kurzerhand wurde sie an den jüngeren Bruder auf dem Bergkramerhof vergeben. Ausgerechnet auf den Hof, auf dem er als Knecht arbeitete. Es war zum Haare raufen. Aber gegen den Willen ihrer Eltern war da nichts zu machen. Außerdem wusste sie gar nichts davon, dass er sie im Stillen verehrte.

Inzwischen war es Zeit zum Aufstehen. Hieronymus weckte seinen Mitbewohner Alois und ging dann zum Fenster, um die Fensterläden zu öffnen. Der Blick nach draußen ließ ihn erschrecken. In der Nacht war der erste Schnee gefallen. Die Schneegrenze reichte bis auf wenige Meter an die Alm heran.

Wenn in der nächsten Nacht auch wieder Schnee fiel, würde es sicherlich noch kälter werden und die Schneegrenze weiter sinken. Dann wäre die Alm zugeschneit und die Kühe hätten nichts mehr zu fressen. Eine Katastrophe!

Zuerst wunderte sich Hieronymus, dass die Kühe im Stall plötzlich unruhig wurden. Dann klopfte es heftig an der Haustür. Hieronymus öffnete die Tür und rief erstaunt: „Mutter!" Noch ehe er irgendetwas sagen oder fragen konnte, drängte die Mutter in die Hütte. Sie war völlig durchgefroren, hatte sie doch den langen Weg bis zur Almhütte noch vor Sonnenaufgang gemacht. Lediglich der Mond hatte ihr den Weg geleuchtet, wenn er denn hin und wieder zwischen den Wolken hervorgekommen war.

Hieronymus wollte seiner Mutter einen warmen Kräutertee bereiten, die winkte aber ab: „Hieronymus, wir haben keine Zeit zu verlieren. Die Schergen von Erzherzog Ferdinand sind im Dorf und bedrängen alle Protestanten, dass sie wieder zum katholischen Glauben übertreten sollen. Wer sich weigert, soll hart bestraft werden."

„Vater haben sie auch schon geholt. Zuerst haben sie ihn verprügelt und dann mitgenommen. Es war schrecklich! Zwei Männer haben ihn festgehalten, ein Dritter hat immer wieder auf ihn eingeschlagen! Er blutete aus mehreren Wunden am Kopf. Ich konnte ihm nicht helfen! Jetzt ist er fort und ich weiß nicht, wohin sie ihn gebracht haben und was sie mit ihm machen werden. Nachdem sie ihn abgeführt hatten, drohte mir der Anführer, er würde unser Haus anzünden, wenn Vater nicht katholisch würde!"

Jetzt brach sie in Tränen aus und Hieronymus, der bis dahin schweigend und erstaunt zugehört hatte, versuchte sie zu trösten: „Mutter, es wird sich alles zum Guten fügen. Wir haben immer pünktlich unseren Zehnten bezahlt, darauf wird der Herzog nicht verzichten wollen. Vater kommt bestimmt bald zurück!"

Im Stillen wusste Hieronymus, dass das so nicht passieren würde. Sein Vater würde nicht einknicken und zum Katholizismus konvertieren. Das würde er als Verrat ansehen. Dafür kannte er den Vater zu gut und wusste, dass dieser lieber sterben würde, bevor er von seiner festen Überzeugung abrückt.

Die Mutter wusste es auch. Sie wusste aber auch, dass Hieronymus ebenso wenig seinen Glauben leugnen würde und so fürchtete sie, dass sie am Ende beide, ihren Mann und ihren Sohn, verlieren könnte.

„Hieronymus, du musst fort von hier! Sofort! Bevor die Schergen kommen und dich mitnehmen! Ich habe dir ein Bündel mit den nötigsten Sachen gepackt und ich gebe dir Geld von unserem Ersparten mit, damit du dir etwas zu Essen kaufen und dich freikaufen kannst, wenn dich jemand aufhalten will! Hier sind ein paar Taler auf die Hand fürs Allernötigste. Den Rest habe ich dir in einen Brustbeutel eingenäht. Trage ihn immer am Körper, damit man ihn dir nicht stiehlt. Vielleicht kannst du ja in einem Jahr zurückkommen, dann bring ihn wieder mit, wenn nicht, baue dir damit ein neues Leben auf!"

„Aber Mutter, wohin soll ich denn gehen? Außerdem kann ich euch nicht alleine lassen, vor allem nicht, solange wir nicht wissen, was mit Vater geschieht! Wenn er wieder zu Hause ist, sehen wir weiter", warf Hieronymus ein.

Die Mutter aber ließ sich nicht beirren: „Junge, du musst gehen, und zwar sofort. Vielleicht sind die Schergen schon auf dem Weg hierher. Irgendwann wird sich alles beruhigt haben, dann kannst du zurückkommen, jetzt aber gehe! Sofort! Jetzt hast du einen Vorsprung. Und Alois und Liesl werden sagen, du seist schon mehrere Tage fort. Dann werden sie dich nicht verfolgen!"

Liesl und Alois, die das ganze Gespräch schweigend und erstaunt mitverfolgt hatten, nickten und drängten Hieronymus ebenfalls, so schnell wie möglich zu verschwinden. „Die Kühe bringen wir schon allein ins Dorf", meinte Alois, „sie kennen den Weg, außerdem bin ich ein guter Hirte! Nun geh schon und komm in ein paar Monaten heil wieder!"

Nach einer kurzen Bedenkzeit nahm Hieronymus den Brustbeutel, hängte ihn sich um den Hals, umarmte seine geliebte Mutter und verabschiedete sich von Alois und Liesl, mit denen ihn inzwischen eine enge Freundschaft verband. Dann schnappte er sich das Bündel, das ihm die Mutter geschnürt hatte und verließ die Almhütte, ohne sich noch einmal umzusehen.

Wohin er gehen würde, wusste er noch nicht. Auf jeden Fall erst einmal in eine Richtung, in der ihn die Schergen des Herzogs nicht vermuten würden. So weit weg sollte es nicht sein. Schließlich wollte er so schnell wie möglich wieder zurück in seine Heimat, nach Leoben.

Dass er seinen Heimatort Leoben, seine Alm, die Steiermark, vor allem aber seine geliebte Mutter und den Vater niemals wiedersehen würde, ahnte Hieronymus zu diesem Zeitpunkt nicht.

Hieronymus war gut zu Fuß und der ganze Tag lag vor ihm. So konnte er, wenn er zügig gehen würde, Leoben ein gutes Stück weit hinter sich lassen.

Zuerst ging er an der Schneegrenze entlang, dann bog er nach links in das Aubachtal ab, folgte dem Aubach, bis dieser in die Mur mündete. Es war ein mühsamer Abstieg, der ihn viel Zeit kostete. Dann folgte er dem Lauf der Mur, jedoch immer in größerem Abstand, damit man ihn nicht sofort entdeckte, sollten die Schergen des Herzogs nach ihm suchen.

Am Spätnachmittag erreichte er Bruck, einen kleinen Ort im Murtal, in dem eine kleine Kirche stand. Zu seiner Freude war es eine evangelische Kirche und Hieronymus hoffte, dass er hier eine Unterkunft finden würde. Er klopfte am Pfarrhaus und wurde nach wenigen Augenblicken eingelassen. Eingelassen ist eigentlich der falsche Ausdruck. Er wurde geradezu hereingerissen und die Tür hinter ihm sofort verriegelt und verschlossen.

Der Pastor, ein kleiner, hagerer Mann, so um die fünfzig Jahre alt, begrüßte ihn herzlich und bat ihn in sein Pfarrzimmer, wo beide in gemütlichen Sesseln Platz nahmen.

„Lieber Mann, wir haben Sie kommen sehen und vermuten, dass Sie auf der Flucht vor den Schergen des Herzogs sind. Deshalb haben wir Ihnen so schnell die Tür geöffnet und Sie hereingebeten", begann der Pastor das Gespräch: „Erzählen Sie, wer sind Sie, wo kommen Sie her und wohin wollen Sie? Was haben Sie erlebt? Sind Ihnen die Schergen des Herzogs auf der Spur?"

Hieronymus bedankte sich für den schnellen Einlass und die Offenheit, mit der ihn der Pastor empfangen hatte. Dann fing er an zu erzählen, berichtete über seine Herkunft, seinen Namen, seine Eltern, über seine Arbeit auf der Alm, über den Besuch der Mutter und dass die Schergen seinen Vater arg misshandelt hätten, weil er nicht zum katholischen Glauben konvertieren wollte. Weiter erzählte er, dass er den evangelischen Glauben standhaft verteidigen würde und ein Übertritt zum Katholizismus für ihn nicht infrage käme.

Dann erzählte er, dass er an einen Ort wolle, wo man Protestanten nicht drangsaliert oder ausweist, wo er einer geordneten Arbeit nachgehen könne, fleißig und kräftig sei er. Nur wisse er nicht, wo er einen sicheren Ort und eine ordentliche Arbeit finden könne.

Der Pastor, der ja auf einer höheren Schule gewesen war und dort auch Kenntnisse in Geographie erlangt hatte und sehr wohl wusste, welche Länder katholisch oder evangelisch waren, hatte gut zugehört und gab nun seinen Ratschlag, wohin und auf welchem Wege Hieronymus ein Land erreichen könnte, in dem er vor Verfolgung sicher sei.

Ein Land, in dem er Arbeit finden würde und in dem er vor Verfolgung sicher sei, sei das Königreich Sachsen. Hier solle er zunächst nach Dresden gehen und sich dort beim Pastor der evangelischen Katharinenkirche melden. Der Pastor sei ein guter alter Freund, man habe gemeinsam das Theologiestudium besucht. Ein ordentliches Empfehlungsschreiben wolle er ihm wohl mitgeben.

Nun aber sei es an der Zeit, erst einmal ausgiebig zu speisen, sein Gast sehe ja sehr hungrig aus, meinte der Pastor und seine Frau habe bestimmt schon ein ordentliches Abendessen bereitet.

„Kommen Sie, gehen wir in die Küche und lassen es uns wohl schmecken", bat der Pastor, stand auf und forderte Hieronymus auf, ihm zu folgen.

Nachdem das Tischgebet gesprochen war, gab es einfache, aber gut schmeckende Speisen: Grießsuppe, Brot mit Blutwurst und Brot mit Käse.

Nach dem Essen wurde noch einmal ausführlich über das Für und Wider der Reise nach Dresden diskutiert. „Zuerst müssen Sie sehen, dass Sie aus Innerösterreich herauskommen", meinte der Pastor. „Wien sollte Ihr erstes Ziel sein, dort sind Sie vor Verfolgung erst einmal sicher!" Nachdem er von Hieronymus ein Kopfnicken vernehmen konnte, fuhr er fort: „Ich kenne einen Fuhrmann, der einmal im Monat eine Fuhre Salz von Wien nach Graz transportiert. Auf dem Rückweg lädt er in der Nähe von Leoben Schmiedeeisen, das er nach Wien transportiert. Er macht hier, in Bruck an der Mur, immer Station im hiesigen Gasthaus, wo auch die Pferde untergestellt und mit frischem Futter und Wasser versorgt werden.

Ich könnte dafür sorgen, dass er Sie mitnimmt. Er hat bei mir noch etwas gutzumachen. Außerdem kann er Hilfe gut gebrauchen. Seine Pferde können den schweren Wagen nicht allein über den Semmeringpass ziehen. Dort braucht er einen Vorspann und einen erfahrenen Mann, der die Pferde führt."

Er sah Hieronymus ins Gesicht, um dessen Gedanken zu lesen und sagte dann: „Wenn Sie einverstanden sind, gehe ich jetzt gleich zum Kronenwirt und bitte ihn, den Fuhrmann sofort zu mir zu schicken, wenn dieser bei ihm eintrifft. Bis dahin sind Sie mein Gast."

Hieronymus überlegte einen Augenblick, dann willigte er ein, eine andere Möglichkeit sah auch er nicht, wollte er unbemerkt den Schergen des Herzogs entkommen. Und er musste unerkannt über die Grenze nach Niederösterreich gelangen. Als Fuhrknecht war das eine gute Möglichkeit.

Zwei Tage später klopfte es abends an der Tür. Der Pastor öffnete und erwartungsgemäß trat der Fuhrmann ein. Seine Pferde hatte er ausgespannt und im Gasthaus dem Stallknecht übergeben, damit dieser die Tiere ordentlich versorgte. Dann hatte er nur noch schnell ein Bier getrunken und war zum Pastor geeilt.

Erwartungsvoll saß er nun im Pfarrzimmer gemeinsam mit dem Pastor und dem ihm unbekannten Hieronymus Köhler, bis der Pastor das Wort ergriff: „Alter Freund, ich freue mich, Sie nach so langer Zeit einmal wiederzusehen. Wie ich sehe, geht es Ihnen gut. Ihr Bauch ist runder geworden und Ihr Gesicht strahlt Zuversicht aus. Wie steht es mit den Geschäften?"

Wie nicht anders zu erwarten, antwortete der Fuhrmann mürrisch und kurz: „Schlecht!"

Erst als der Pastor nicht antwortete und ihn fragend ansah, redete er weiter: „Das Salz wird immer teurer, der Winter steht vor der Tür, wenn der Pass zugeschneit ist, kann ich nicht mehr fahren. Außerdem verlangt der Erzherzog von Innerösterreich immer höhere Einfuhrzölle für das Salz, das ich nach Graz bringe. Erst vertreibt er seine protestantischen Bürger aus dem Land, dann hat er keine Leute mehr, die ihm den Zehnten zahlen, also versucht er seine fehlenden Einnahmen aus dem Zehnten durch höhere Zölle auszugleichen! Eine Schande!"

Er hatte sich jetzt richtig in Rage geredet und die Zornesröte war ihm ins Gesicht gestiegen, also genau der richtige Augenblick, dass der Pastor sein Anliegen vorbringen konnte.

„Lieber Freund", begann er und ging einfach zum Du über: „Du weißt, du hast vor Gott noch etwas gutzumachen!"

Der Fuhrmann nickte.

„Dann will ich dir jetzt sagen, wie dir der Herr deine Sünden vergeben kann: Sieh dir diesen Mann an", er zeigte auf Hieronymus: „Er ist ein ehrbarer Landmann und fest in seinem evangelischen Glauben, wie du und ich. Sein Herzog Ferdinand will ihn zwingen, den katholischen Glauben anzunehmen, doch er weigert sich. Deshalb muss er seine Heimat, sein Zuhause und seine Familie verlassen. Du kannst ihm dabei helfen. Er ist ein ehrlicher und kräftiger junger Mann, gerade richtig, um dir bei der Überfahrt über den Pass behilflich zu sein. Einen Lohn will er dafür nicht. Wenn ihr im Gasthaus übernachtet, zahlt er seine Zeche selbst. Nur bis Wien musst du ihn mitnehmen! Nun, was sagst du? Willigst du ein? Gott wird es dir vergelten!"

Der Fuhrmann überlegte nicht lange, so ein Angebot hatte er lange nicht bekommen. Ein kostenloser Fuhrknecht und dann auch noch die Vergebung seiner Sünden! Sofort schlug er ein und ermahnte Hieronymus lediglich noch, am nächsten Morgen pünktlich um sechs Uhr im Gasthaus zu sein, um die Pferde zu versorgen und anzuspannen. „Bei Sonnenaufgang müssen wir aufbrechen! Die Pferde brauchen mittags nochmals eine Ruhepause, in der sie gefüttert werden und sich ein wenig ausruhen können. Wenn wir nicht rechtzeitig aufbrechen, schaffen wir es nicht bis zum nächsten Ausspann in Mürzzuschlag", ermahnte er seinen soeben neu geworbenen Fuhrknecht.

Dann entschuldigte er sich und verließ schleunigst das Pfarrhaus, vielleicht hatte er damit gerechnet, doch noch eine weitere Aufgabe zur Vergebung seiner Sünden aufgebürdet zu bekommen, also lieber schnell verschwinden, bevor mir der Pastor noch mehr abverlangt!

Hieronymus bedankte sich beim Pastor für dessen Hilfe, meldete aber Zweifel an, ob das mit der Vergebung der Sünden für den Fuhrmann so seine Richtigkeit habe. Eine Antwort darauf bekam er nicht, wohl aber ein gütiges Lächeln, verbunden mit einem kleinen Augenzwinkern.

Eine Frage hatte Hieronymus schon die ganze Zeit bewegt: Wie war es möglich, dass dieser protestantische Pastor noch immer im Dorf war und seine evangelischen Gottesdienste unbehelligt abhalten konnte? Alle anderen Pastoren, soweit er sie kannte, waren doch längst des Landes verwiesen worden, ebenso wie die Gelehrten.

Schließlich fasste er sich ein Herz und fragte den Pastor ganz offen nach den Gründen für den Schutz, den dieser Pastor offensichtlich genoss.

„Mein Sohn, es ist ganz einfach", begann der Pastor zu erzählen: „Unser Graf, der auch Lehnsherr für die hiesigen Bauern ist, war ein frommer Protestant. Zwar ist er aufgrund der Anordnungen des Erzherzogs zum katholischen Glauben konvertiert, im Innersten seines Herzens ist er aber immer noch einer von uns. Ich habe ihn und seine Frau Maria getraut und ihre Kinder getauft. Wir haben ein gutes, ja, man könnte sagen, ein freundschaftliches Verhältnis zueinander. Er lässt mich gewähren!"

Nachdenklich und mit traurigem Blick fuhr er dann fort: „Lange wird das nicht mehr gehen. Das weiß auch ich. Auch ich werde dieses Land schon bald verlassen müssen. Auch ich werde dann nach Dresden gehen, vielleicht auf dem gleichen Weg wie du, mein Sohn! Wenn Gott es will, treffen wir uns dort vielleicht einmal wieder. Darüber würde ich mich sehr freuen!"

Dann begab er sich zu seinem Schreibpult und fertigte ein Empfehlungsschreiben an, das an den Pastor der Katharinenkirche in Dresden gerichtet war und übergab es Hieronymus mit den Worten: „Hier, mein Sohn, dieses Schreiben wird dir beim Pastor der Katharinenkirche in Dresden Tür und Tor öffnen. Er wird dir helfen, ein neues Zuhause und eine gute Arbeitsstelle zu finden. Richte ihm die besten Grüße von mir aus. Und nun geh ins Bett. Du solltest gut ausgeschlafen sein, wenn du morgen die Arbeit als Fuhrknecht aufnimmst. Ich wünsche dir viel Erfolg bei deiner Suche nach neuem Glück. Schau nach vorne! Lasse alles hinter dir und vertraue auf Gott! Ich werde für dich beten, Gott wird dich begleiten! Und nun geh!"

Hieronymus bedankte sich für die großzügige Hilfe, die er vom Pastor erhalten hatte. Dann sprachen sie noch ein gemeinsames Nachtgebet, bevor Hieronymus sich tiefbewegt von den Worten des Pastors und der unerwarteten Hilfe, die ihm Trost und Zuversicht spendete, zur Ruhe begab.

Pünktlich um sechs Uhr morgens am darauffolgenden Tag betrat Hieronymus das Stallgebäude, das an den Gasthof angrenzte, in dem sein neuer Herr übernachtete, und begann damit, die Pferde mit frischem Wasser zu versorgen, duftendes Heu in die Raufen und eine Portion frischen Hafer, vermengt mit Häcksel aus gutem Haferstroh, in die Futtertröge zu geben.

Als das erste Morgenlicht dämmerte, putzte Hieronymus den Pferden den Staub aus dem Fell, schirrte sie auf und spannte sie vor das große Fuhrwerk, das nun zur Abfahrt bereitstand.

Kaum dass die Pferde vor den schweren Wagen gespannt waren, erschien auch schon der Fuhrmann und nahm auf dem Kutschbock neben Hieronymus Platz: „So, nun zeig einmal, was du kannst! Hoffentlich habe ich mir nicht einen Dummspaddel angelacht, der es nur mit Worten hat, aber mit Pferden nicht umgehen kann!"

Für diese Bemerkung hatte Hieronymus nur ein leichtes Lächeln übrig, hatte er doch bei seinem Bauern auf dem Bergkramerhof das Führen von Pferden von der Pike auf gelernt. Er nahm die Leine, rief ein kräftiges „Hü", schlug mit der Leine kurz auf die Kuppen der Pferde und los ging die Fahrt.

Kurz überschlugen sich bei ihm die Gedanken: Wie es wohl auf dem Bergkramerhof in Leoben weitergeht? Ob Alois und Liesl die Kühe allein und ordnungsgemäß von der Alm ins Dorf bringen konnten? Wie es wohl der verletzten Kuh ergangen sein mag auf dem weiten Weg ins Tal? Was wohl der Bauer gesagt haben mag, als er erfuhr, dass Hieronymus nicht wiederkäme. Was wohl mit dem Vater ist? Ob die Schergen des Herzogs ihn wieder haben gehen lassen? Wie geht es der Mutter?

Dann aber fielen ihm die Worte des Pastors wieder ein, der gesagt hatte: „Schau nach vorne! Lasse alles hinter dir und vertraue auf Gott!"

Rasch verdrängte er die Gedanken und widmete sich wieder den Pferden und der Fahrt in eine ungewisse Zukunft.

An diesem Tag wollten sie Mürzzuschlag erreichen, das waren etwa sechs Meilen oder vierundzwanzigtausend Klafter. Das dürfte aber zu schaffen sein, schließlich kannte der Fuhrmann den Weg, den er schon so oft gefahren war.

Der Weg war gut befestigt und führte durch das Mürztal, immer ein wenig ansteigend. Die schweren Kaltblüter gingen gemächlich, die schwere Last hinter sich herziehend, Schritt für Schritt die flache Steigung hinauf.

Gegen Mittag, etwa auf halber Strecke, erreichten sie einen Gasthof mit einem Ausspann, gerade der rechte Ort, um eine

Pause einzulegen und den Pferden ihre verdiente Mittagsruhe zu gönnen. Der Stallknecht des Gasthofes eilte herbei und half Hieronymus beim Ausspannen der Pferde. Dann führte er sie in den Stall, wo frisches Wasser, Heu und Hafer bereits auf sie warteten.

Nachdem die Pferde versorgt waren, ging auch Hieronymus ins Gasthaus, wo sein Fuhrmann bereits wartete, bestellte sich ein warmes Essen und dazu einen Krug Bier. Es war genügend Zeit für eine ausgedehnte Vesper, die Pferde brauchten ihre Ruhepause. Nach etwa zwei Stunden sollte es weitergehen.

„Du machst deine Sache sehr gut", bemerkte der sonst eher wortkarge Fuhrmann so ganz nebenbei: „So einen Fuhrknecht wie dich könnte ich gut gebrauchen. Willst du nicht weiter bei mir arbeiten?"

„Meister, vielen Dank für das Angebot, aber dann müsste ich ja im nächsten Monat die Fuhre von Wien nach Graz machen und somit zurück in die Steiermark, das wäre genau das, was ich ganz und gar nicht will", antwortete Hieronymus, „aber wenn Sie sonst eine Arbeit für mich hätten, würde ich gern für ein paar Monate in Wien bleiben."

Der Fuhrmann machte ein nachdenkliches Gesicht, dann meinte er: „Warten wir mal ab, ich kenne jemanden in Wien, der vielleicht eine Arbeit für dich hat."

Am Nachmittag ging es weiter, immer entlang der Mürz, bis sie schließlich gegen Abend Mürzzuschlag erreichten. Auch hier gab es einen großen Gasthof mit Ausspann, in dem die Pferde untergestellt und versorgt werden konnten.

Mürzzuschlag lag an der Strecke Wien – Graz, nicht weit vom Semmeringpass, der von vielen Fuhrwerken genutzt wurde, die von Wien nach Graz oder umgekehrt von Graz nach Wien ihre Waren transportierten.

Es verwunderte also nicht, dass hier, in diesem Gasthof, Hieronymus und sein Fuhrmann nicht die einzigen Gäste waren, die eine Herberge für die Nacht suchten.

„Wirtin, etwas Ordentliches zu Essen, dann zwei Betten für die Nacht!", fuhr der Fuhrmann die Wirtin, eine stämmige und resolute Frau, barsch an. „Wir sind hungrig und müde! Ach ja, und zwei Krüge Bier gib uns auch noch, die haben wir uns heute verdient!"

„Das Essen und das Bier will ich euch wohl reichen", antwortete die Wirtin, „mit den zwei Betten aber sieht es schlecht aus, alle Betten sind bis auf eines vergeben. Wenn ihr zusammen in einem Bett schlafen wollt, ist es mir egal, sonst muss einer von euch im Stall bei den Pferden schlafen."

Das einzig noch freie Bett stand natürlich dem Fuhrmann zu, Hieronymus blieb nur die Möglichkeit, im Stall bei den Pferden zu übernachten. Das machte ihm aber nichts aus, schließlich war er es gewohnt, wie in seiner Almhütte auf einem Strohlager zu schlafen.

„Wie wir wohl an der Zollstation vorbeikommen, ohne dass die Zöllner Verdacht schöpfen?", überlegte Hieronymus und machte sich Sorgen, dass hier vielleicht seine Flucht vor den Schergen des Erzherzogs ein jähes Ende finden könnte. Was aber blieb ihm übrig? Welche Wahl hatte er? Also sagte er sich: „Alle Grübelei hat keinen Sinn! Versuche ein wenig zu schlafen, morgen ist ein entscheidender Tag." Er dachte an den Pastor in Bruck. Der hatte ihm Mut gemacht mit seinen Worten: „Gott ist mit dir!"

Am nächsten Morgen ging es rechtzeitig weiter. Hieronymus hatte schlecht geschlafen. Stundenlang gingen ihm die Gedanken durch den Kopf, wie wohl der nächste Tag verlaufen würde. Nun aber hieß es erst einmal die Pferde füttern, dann aufschirren und vor den Wagen spannen. Mal sehen, was der neue Tag wohl bringen würde.

Nachdem er und sein Fuhrmann ausgiebig und gut gefrühstückt hatten, ging die Fahrt weiter und führte zunächst durch das Fröschnitztal aufwärts bis Spital, dann durch den Weiler Jauern nach Steinhaus. Bis hierhin war es eine gemütliche Strecke gewesen. Jetzt aber, das wusste der Fuhrmann, würde eine steil ansteigende Strecke folgen, die durch den Dürrgraben bis zur Passhöhe führte.

Mit leerem Wagen hätten die beiden Kaltblutpferde es wohl allein geschafft, die Steigung zu überwinden. So aber, vollgeladen mit Schmiedeeisen, brauchte er einen Vorspann, sonst würde er die Steigung nicht überwinden können. Das war zwar nicht vorgeschrieben, so wie auf der anderen Seite des Passes. Wenn man von Wien kam, musste man ab Schottwien einen Vorspann mit Ochsen oder Pferden nehmen. Das war Vorschrift. Den Bewohnern des Ortes war es recht, denn das war wohl die wichtigste Einnahmequelle für dort ansässigen Gastwirte, Vorspannknechte, Wagenmacher, Schmiede und Sattler.

Der Fuhrmann ließ Hieronymus auf dem Dorfplatz halten und ordnete an: „Warte hier und pass auf die Pferde auf. Hole Wasser aus dem Brunnen und gib ihnen noch etwas zu saufen. Es wird eine anstrengende Strecke bis zum Pass. Da ist es gut, wenn die Pferde genügend Wasser gesoffen haben. Ich gehe inzwischen zum Kreinerhof und hole den Bauern mit seinen zwei Pferden. Der alte Bauer hat schon oft seine Pferde vorgespannt und mir bei der Überfahrt geholfen.“

Hieronymus tat wie ihm aufgetragen, holte Wasser im Ledereimer, tränkte die Pferde und setzte sich dann ins Gras, um ebenso ein wenig auszuruhen.

Der Kreinerhof lag nur wenige Schritte vom Dorfplatz entfernt. Als der Fuhrmann die Hofeinfahrt erreichte, ging die Bäuerin mit einem Korb voller frischem Gemüse über den Hof.

„Wo ist der Bauer?“, fragte der Fuhrmann die alte Frau. Die nickte mit dem Kopf zur Hoftür: „Gehen Sie nur rein! Der Bauer schläft auf der Ofenbank!“

Der Fuhrmann trat ein und, tatsächlich, der Bauer lag auf der Ofenbank und schnarchte laut vor sich hin. Der Fuhrmann fasste seine Schulter und schüttelte ihn: „He, Bauer, aufwachen, ich brauche deine Hilfe! Du musst vorspannen und mir helfen, das Fuhrwerk über den Berg zu bringen!“

Mürrisch kam der Bauer von seiner Ruhebank hoch und der Fuhrmann musste erkennen, dass der Bauer vollständig betrunken war. Das schon am Vormittag!

„Was muss ich? Gar nichts muss ich! Wenn du etwas von mir willst, kannst du mich höflich fragen! Merke dir, du willst etwas von mir, nicht umgekehrt", schnauzte der Bauer den Fuhrmann an.

Schon gut", antwortete der, „also, ich stehe mit meinem Fuhrwerk auf dem Dorfplatz. Kannst du mit deinen beiden Kaltblütern vorspannen und mir über den Berg helfen?"

„Können tät ich schon, ich will aber nicht. Heute nicht, komm morgen wieder!", war die mürrische Antwort des Bauern.

Dem Fuhrmann verschlug es fast die Sprache. „Hör zu, mein Freund, ich habe dich immer gut bezahlt für deine Hilfe. Ich muss jetzt über den Berg und nicht morgen. Willst du vorspannen oder soll ich mir einen anderen Vorspannknecht suchen? Ich könnte auch zum Josthof gehen und den Bauern fragen, ob er vorspannt."

Ja, geh nur", lachte der Bauer, „der Josthofbauer hat nur zwei Ochsen zum Vorspannen, da werden deine Pferde sich freuen!"

Dem Fuhrmann riss der Geduldsfaden: „Nun sag schon, willst du vorspannen oder nicht?"

„Kommt auf den Preis an, den du zahlst!", antwortete der Bauer.

„Willst du mit mir über den Preis verhandeln?", entfuhr es dem Fuhrmann: „Das ist ja wohl die Höhe, einen halben Taler habe ich dir jedes Mal gegeben für die paar Minuten, die du mir hilfst!

Das ist ein guter Lohn! Einen halben Taler bekommst du auch heute. Und nun komm, lass uns keine weitere Zeit verschwenden!"

„Ein paar Minuten? Es dauert Stunden, bis ich wieder auf dem Hof bin! Ein guter Lohn? Ein Hungerlohn ist das! Und nun hau ab, zieh deinen Wagen selbst den Berg hinauf!", schnauzte der Bauer.

Es war so laut geworden, dass die Bäuerin zur Küche hereingelaufen kam um Schlimmeres, vielleicht eine Schlägerei, zu verhindern.

Der Fuhrmann sah ein, dass es keinen Sinn hatte, mit diesem Trunkenbold weiter zu verhandeln. Wollte er heute noch über den Pass, musste er ein Zugeständnis machen.

„Also gut", sagte er, „ich gebe dir sieben Kreuzer, aber jetzt hole deine Pferde und spann vor, sonst wird es Abend und wir streiten immer noch!"

Der Bauer nickte, erhob sich mühsam von seinem Lager und ging strauchelnd zu seinen Pferden. Es dauerte wohl eine halbe Stunde, bis die Pferde auf dem Dorfplatz und vor das Fuhrwerk gespannt waren.

Hieronymus hatte zwar das Arbeiten mit Pferden von der Pike auf gelernt, einen Vierspänner hatte er allerdings noch niemals gefahren. Mit dem Bauern war nicht zu rechnen, der war zu betrunken, um die Pferde zu leiten. Also kam dieser hinten auf den Wagen und durfte sich dort hinlegen und weiterschlafen.

Der Fuhrmann übernahm die Leine, um die Pferde zu lenken. Er hatte genügend Erfahrung mit Vierspännern, schließlich befuhr er diese Strecke einmal im Monat und jedes Mal war es das gleiche Procedere. Hieronymus sollte bei den vorderen Pferden gehen und bei Bedarf am Zaumzeug führen. Die Vorspannpferde wie auch das Gespann des Fuhrmannes aber kannten das Ziehen mit vier Pferden. Schließlich war es nicht das erste Mal, dass vorgespannt wurde und so ging es zügig voran, auch wenn die Straße immer steiler den Berg hinaufführte.

Auf der Passhöhe verlief auch die Grenze zwischen Inner- und Niederösterreich. Die Zöllner stoppten das Fuhrwerk und kontrollierten die Ladung aus rohem Schmiedeeisen.

Dann erblickten sie den betrunkenen Bauern, der stark schwankend und hin und wieder auf die Knie fallend versuchte, seine Vorspannpferde abzuspannen. Es gab ein großes „Hallo", alle amüsierten sich über den volltrunkenen Bauern, keiner fragte nach der Herkunft des neuen Fuhrknechts Hieronymus.

Die fälligen Zollgebühren wurden berechnet, der Fuhrmann zahlte, dann ging die Fahrt weiter. Der Bauer trottete mit seinen Pferden zurück ins Tal. Die Pferde kannten den Weg und würden ihr Zuhause schon finden und den Bauern dort abliefern, da war sich der Fuhrmann sicher.

Sichtlich erleichtert darüber, dass es an der Zollstation keine Probleme gegeben hatte, nicht einmal nach seinem Namen hatte man gefragt, nahm Hieronymus die Leinen wieder in die Hand und lenkte die Pferde vor dem schweren Fuhrwerk in Richtung Wien. „Wie der Grenzübertritt wohl verlaufen wäre, wenn nicht der betrunkene Bauer die Zöllner dermaßen abgelenkt hätte, dass sie wohl gar nicht gemerkt hatten, dass ich als zusätzlicher Passagier die Grenze überquerte", dachte Hieronymus und konnte sich ein Lächeln nicht verkneifen.

Schon bald sollte ihm das Lachen aber vergehen, denn nun lag vor ihnen ein Gefälle, das viel steiler war, als die Steigung, die sie heraufgekommen waren. Einen steilen Berg hinunterzufahren ist viel gefährlicher, als den Berg hinaufzufahren. Das wusste er aus Erfahrung. Aber eine so große Last auf einem so schlechten Weg heil ins Tal zu bringen, da gehörte schon viel Erfahrung und Fingerspitzengefühl dazu.

Hatte er die großen Bremsen an den Hinterrädern zuerst noch für überdimensioniert gehalten, wusste er nun, warum diese so groß waren. Mit einer Eisenspindel konnte man die großen Holzklötze aus schwerem Eichenholz so fest an die Räder des Wagens drehen, dass diese blockierten. Wurde es noch steiler, genügte auch das nicht, denn die kleine Auflagefläche der Radreifen sorgte nicht für genügend Bodenhaftung.

Bevor es an einer Stelle des Weges noch steiler wurde, befahl der Fuhrmann Hieronymus, zu halten und am rechten Hinterrad einen Hemmschuh anzubringen.

„Lege den Hemmschuh unter das rechte Hinterrad. Befestige diesen so am Langbaum, dass er unter das Rad kommt, wenn du anfährst und die Kette dann stramm ist. Dann lege noch eine weitere Kette um die Speiche, damit das Rad blockiert, falls der Hemmschuh abrutscht. Nimm das rechte Hinterrad, das hast du besser im Blick, wenn du auf der rechten Seite des Kutschbocks sitzt. Ich werde mit der Bremse das linke Hinterrad so weit abbremsen, dass es sich gerade noch dreht, damit es den Wagen in der Spur hält!"

Hieronymus tat, wie ihm geheißen, mit einem Hemmschuh zu fahren hatte er bei seinem Bauern auf dem Bergkramerhof gelernt. Zwar waren die Wagen dort nicht so groß und die Last nicht so schwer gewesen wie dieses Fuhrwerk, das Prinzip war aber das Gleiche gewesen. So erledigte er diese Aufgabe schnell und zielstrebig, ohne dass der Fuhrmann noch weitere Anweisungen geben musste.

So ging es im langsamen Schritt ins Tal, hin und wieder rutschte der schwere Wagen trotz des Hemmschuhs ein paar Schritt nach vorne, die Pferde kannten das aber und machten ein paar schnelle Schritte, damit ihnen die Schwengel nicht in die Beine schlugen.

Der Fuhrmann war begeistert von den Kenntnissen seines neuen Fuhrknechts im Umgang mit Pferden und Fuhrwerken, so dass er sich fest vornahm, diesem eine Arbeit in Wien zu verschaffen. „Wer weiß, vielleicht ändert der Erzherzog von Innerösterreich ja doch noch seine Meinung gegenüber den Protestanten, dann kann ich diesen jungen Mann als Fuhrknecht einstellen und er kann einmal im Monat nach Graz fahren und seine Eltern in Leoben besuchen. Das wird ihm gefallen. So gute Fuhrknechte gibt es nur selten", dachte sich der Fuhrmann und überlegte schon, welche Arbeit er für Hieronymus finden würde. Einen, den er gut kannte, hatte er schon im Hinterkopf – den Baumeister an der Hofburg.

In Gloggnitz endete die Fahrt für den heutigen Tag. Am nächsten Tag lag noch der weite Weg bis Wien vor ihnen. Das waren mehr als elf Meilen. Eigentlich etwas zu weit für eine Tagesreise, aber es ging immer bergab. Die Pferde kannten den Weg und freuten sich auf ihr Zuhause, ebenso wie der Fuhrmann.

Die Dämmerung hatte schon eingesetzt, als sie den kleinen Hof des Fuhrmannes erreichten. Der Hof lag etwas außerhalb der Stadt, umgeben von großen, mächtigen Bäumen, die im Sommer reichlich Schatten spendeten. Nebenan plätscherte ein kleiner Bach munter vor sich hin.

„Spann die Pferde aus, führe sie in den Stall dort auf der linken Seite und versorge sie mit Futter und Wasser, dann komm ins Haus, meine Frau wird uns eine gute Vesper bereiten", befahl der Fuhrmann seinem Knecht, dann verschwand er ohne ein weiteres Wort im Haus, wo seine Frau schon auf ihn wartete.

Nachdem Hieronymus die Pferde versorgt hatte, ging auch er ins Haus und setzte sich an den gedeckten Tisch. Der Fuhrmann hatte nicht übertrieben, es gab eine gute Vesper mit frischem Brot, Käse, verschiedenen Würsten und geräuchertem Speck. Dazu reichte die Frau einen Schoppen guten Weins aus der Wachau. Den hatte ihr Mann mitgebracht, als er einmal eine Fuhre nach Krems an der Donau zu erledigen hatte.

Nach der Mahlzeit sprach der Fuhrmann Hieronymus mit ernster Miene an: „So, Knecht", bei „Knecht" verzog er den Mund zu einem freundlichen Lächeln, „du hast deine Arbeit gut gemacht! Nun ist sie beendet. Ich habe meinen Auftrag erfüllt und dich bis Wien mitgenommen. Wenn du willst, kannst du diese Nacht noch bei mir schlafen, in der Dielenkammer steht ein Bett für dich parat. Morgen bringen wir das Schmiedeeisen noch nach Wien zur Hofburg, die gerade erweitert wird. Der Schmied wartet schon auf das Eisen, er muss daraus Nägel und schwere Türbeschläge schmieden. Der Baumeister wird sich freuen, wenn sein Schmied wieder arbeiten kann. Und dann werden wir sehen, ob wir eine Arbeit für dich finden. Ich hatte dir versprochen, dir zu helfen. Das werde ich machen!"

Einen so langen Vortrag hatte Hieronymus von seinem sonst eher wortkargen Fuhrmann während der ganzen Fahrt nicht gehört. Jetzt aber wusste er, dass er während der langen Reise einen neuen Freund gefunden hatte, der ihm in der fremden Stadt weiterhelfen würde. Dann ging er zufrieden in den Stall, trat in die Stallkammer ein und freute sich auf sein Bett und die wohlverdiente Nachtruhe.

Kaum dass er ins Bett gegangen war, fiel er in einen festen Tiefschlaf und erwachte erst am anderen Morgen, als die Sonne längst ihre hellen Strahlen durch das kleine Stallfenster warf und ihn zum Aufstehen ermahnte.

Rasch sprang er aus dem Bett, zog sich an und begann sofort, die Pferde zu versorgen. Dann ging er hinüber ins Haus, wo sein Fuhrmann am Frühstückstisch schon auf ihn wartete. Auch der hatte nach der langen anstrengenden Reise die Nacht genutzt und bis nach Sonnenaufgang geschlafen. Endlich einmal ausschlafen!

Nachdem beide die Reste von der gestrigen Vesper verspeist hatten und nun erwartungsvoll auf neue Taten warteten, fragte Hieronymus vorsichtig: „Meister, wann soll ich die Pferde vor den Wagen spannen? Wann fahren wir in die Stadt?"

„Jetzt", war erwartungsgemäß die kurze, aber präzise Antwort seines Fuhrmanns.

Hieronymus ging in den Stall, nahm das Pferdegeschirr, legte es den Pferden an und spannte sie vor den Wagen. Dann rief er seinen Fuhrmann, der auch gleich aus dem Haus kam und sich zu ihm auf den Kutschbock setzte, auf dem Hieronymus schon Platz genommen hatte.

Hieronymus hatte schon viel über Wien gehört, gesehen aber hatte er diese Stadt noch nicht. Nun war er voller Erwartung und aufgeregt, endlich einmal in die Stadt zu kommen, in der es so viele große Kirchen und Häuser geben sollte, dass er sie gar nicht zählen könne. So hatte man jedenfalls in Leoben über Wien gesprochen.

Es dauerte nur knapp eine halbe Stunde und sie erreichten den Stadtrand von Wien und tatsächlich, die Straßen waren alle gepflastert. Pferdefuhrwerke und Kutschen, besetzt mit gut gekleideten Menschen, fuhren hin und her. Je weiter sie in die Stadt hineinkamen, umso größer wurde das Gewusel aus Pferdefuhrwerken, Kutschen, Handkarren und Fußgängern. Es ging zu wie in einem Ameisenhaufen.

Dann stand er plötzlich vor ihnen, der Stephansdom. Auch von ihm hatte Hieronymus schon viel gehört.

Der Dom war nun schon über vierhundertfünfzig Jahre alt! 1137 hatte man mit dem Bau begonnen. Am 26. Dezember 1137 hatte man die Ost-West-Richtung anhand des Sonnenaufgangs bestimmt. Dann folgte eine fast zehnjährige Bauzeit, bis er 1147 fertiggestellt und am 8. Juni 1147, kurz vor Pfingsten, vom Passauer Bischof Reginbert von Hagenau geweiht wurde. So hatte Hieronymus es gelernt.

Er wusste aber noch mehr über den berühmten Stephansdom, der in seinen Ausmaßen seine Vorstellungskraft übertraf. So war der Südturm mit stolzen 136,4 Metern Höhe eines der höchsten Bauwerke der damaligen Zeit. Mit dem Bau des Turmes hatte man erst mehr als zweihundert Jahre nach Fertigstellung der Kirche begonnen. Am 12. Juli 1359 erfolgte die Grundsteinlegung, dann folgte eine fünfundsiebzig Jahre dauernde Bauzeit, bis der Turm nach mehreren Umplanungen endlich fertiggestellt war.

1551 hatte man zwölf Hirschgeweihe in den Turm eingebaut, weil man der festen Überzeugung war, diese würden den Blitz abhalten. In zweiundsiebzig Metern Höhe wohnte ein Türmer, der von dort aus die Stadt beobachtete und bei einem Feuer mit seinem Horn Alarm gab.

Hieronymus bat den Fuhrmann, doch einmal kurz anzuhalten, er sei so beeindruckt von dem gewaltigen Bau und würde gern einmal um den Dom herumgehen. Der Fuhrmann hatte die Begeisterung von Hieronymus bemerkt und willigte ein: „Aber mach schnell, der Baumeister und der Schmied warten auf das Schmiedeeisen!"

Hieronymus versprach, sich zu beeilen und lief davon. Zuerst staunte er über das „Riesentor". Hier waren über dem Tor zwei große Knochen eingelassen, die man für die Knochen eines Riesen hielt. Daher der Name „Riesentor" (in Wirklichkeit handelte es sich um Mammutknochen).

Dann betrat er das Kirchenschiff. Das war unvorstellbar groß, immerhin hatte die Kirche die Ausmaße von 109 Metern in der Länge und 72 Metern in der Breite. Wie der gewaltige Dachstuhl aussehen würde, von dem er wusste, dass er aus Lärchenholz gefertigt war, wollte er sich ein andermal ansehen. Jetzt musste er erst einmal zurück zu seinem Fuhrmann, der schon ungeduldig auf ihn wartete.

Hieronymus kam aus dem Staunen nicht heraus. All die großen Gebäude links und rechts der Straße, alle aus Stein gebaut und mehrere Stockwerke hoch, wie würde da erst die Hofburg aussehen, zu der sie ja wollten, um das Roheisen zu entladen.

Die Hofburg lag nur wenige Straßen vom Stephansdom entfernt und nach einer Viertelstunde hatte das Fuhrwerk den Bauplatz mit der Schmiede erreicht.

Kaum waren sie angekommen, erschien der Baumeister: „Grüß Gott, mein Freund, da bist du ja endlich, wir haben schon auf dich gewartet. Dem Schmied ist das Eisen ausgegangen und wir brauchen dringend neue Nägel für den Dachstuhl. Sag an, wie geht es dir, bist du gut über den Pass gekommen? Wie geht es deiner Frau?"

Der Fuhrmann unterbrach ihn, sonst hätte dieser zarte, feinfühlige Mann sicher noch viele Fragen gestellt. Nun aber ergriff der Fuhrmann das Wort: „Grüß Gott, Meister, danke für die Nachfrage, es ist alles in bester Ordnung! Sag mir, wo ich das Schmiedeeisen abladen soll!"

Dann fuhr er fort: „Übrigens, ich habe dir einen guten Arbeiter mitgebracht. Du brauchst doch sicherlich noch einen fleißigen Helfer, wenn du das Dach noch vor dem Winter fertig haben willst?"

„Nein, ich danke dir, dass du an mich gedacht hast, aber nein, ich habe Leute genug", antwortete der Baumeister freundlich, aber bestimmt.

„Meister, er ist einer von uns. Er ist Protestant und sein Erzbischof Ferdinand, der, wie du weißt, ja die Protestanten verfolgt, will ihn zwingen, den katholischen Glauben anzunehmen. Er aber ist standhaft, er konvertiert nicht, deshalb will der Erzherzog ihn bestrafen oder Foltern oder gar auf eine Galeere ins Mittelmeer schicken. Er ist ein aufrechter Mann, fleißig und ehrlich, einer, von denen du nur wenige auf deiner Baustelle hast!", versuchte es der Fuhrmann erneut.

Der Baumeister zögerte: „Wenn das so ist, ich will mal sehen, vielleicht kann der Schmied ihn gebrauchen, sein Geselle hat sich verletzt und kann zurzeit nicht arbeiten." An Hieronymus gewandt fuhr er fort: „Zeig mal deine Hände!"

Hieronymus runzelte fragend die Stirn, dann folgte er der Aufforderung und reichte ihm beide Hände. Der Baumeister besah sich Hieronymus' Hände, insbesondere die Innenflächen, dann stellte er fest: „Na ja, arbeiten kann er wohl. Die Hände sind voller Schwielen, das zeugt von schwerer Arbeit. Ich gehe mal und frage den Schmied, ob der ihn gebrauchen kann. Servus, bis später!" Damit verabschiedete er sich und ging in Richtung der Schmiede.

Wenig später kam der Schmied heran, ein grobschlächtiger Mann, von großer Statur, mit einem Stiernacken und Armen, so dick wie die Oberschenkel eines normal gewachsenen Mannes. Er reichte den beiden die Hand zum Gruße und sein Händedruck war so stark wie ein Schraubstock.

„Fuhrmann, wen hast du mir da mitgebracht als Hilfsmann? Diesen schmächtigen Mann? Kann der überhaupt arbeiten?"

„Ob der arbeiten kann? Sieh dir seine Hände an! Und ob der arbeiten kann! Er hat mich auf dem Weg von Leoben bis hierher als Fuhrknecht begleitet, ich kann nur Gutes über ihn sagen", entgegnete ihm der Fuhrmann. „Außerdem ist er Protestant wie wir und auf der Flucht vor seinem Erzherzog Ferdinand, der ihn in den Kerker werfen oder auf eine Galeere schicken will, wenn er nicht zum katholischen Glauben konvertiert!"

Mit dieser Argumentation hatte er den Schmied, ebenso wie vorher schon den Baumeister, herumbekommen und der antwortete nun, noch ein bisschen zögerlich: „In Ordnung, wenn das so ist, will ich es versuchen, mein Geselle ist ohnehin krank und es gibt Arbeiten, die ich alleine nicht machen kann. Also gut, komm her, aber wenn du deine Arbeit nicht ordentlich machst, schmeiße ich dich sofort wieder raus!"

Hieronymus, der wortlos danebengestanden hatte, wunderte sich über die Redekunst seines bis dahin eher wortkargen Fuhrmanns. Hatte er doch vorhin den Baumeister, ebenso wie jetzt den Schmied, glatt um seinen Finger gewickelt.

„Schmied, eines noch", ergriff nun wieder der Fuhrmann das Wort: „Dein Knecht braucht noch eine Unterkunft. Der Winter steht vor der Tür und da kann er nicht im Freien schlafen!"

Der Schmied überlegte einen kurzen Augenblick, dann sagte er: „Im Anbau der Schmiede ist noch ein kleiner Raum mit einer Pritsche. Eigentlich benutze ich sie mittags, um ein wenig auszuruhen, dort kann er schlafen." Dann trat er vor, reichte Hieronymus seine Hand und forderte ihn auf: „Schlag ein, ab sofort bist du mein Helfer!"

Hieronymus zögerte nicht lange und schlug ein. Sein Fuhrmann hatte Recht. Der Winter stand vor der Tür und in der Schmiede hatte er einen warmen und trockenen Arbeitsplatz. Außerdem für die Nacht ein Dach über dem Kopf und die Arbeit würde er schon schaffen, da war er sich sicher. Schließlich hatte er dem Schmied im Dorf mit Begeisterung zugesehen und oft geholfen, wenn er mit den Pferden vom Bergkramerhof in die Schmiede musste, um die Hufe der Pferde mit Eisen beschlagen zu lassen.

Er hatte die Hufe der Pferde hochhalten müssen, wenn der Schmied mit dem glühenden Hufeisen kam und diese anpasste. Das Geräusch des verbrennenden Horns der Hufe und den beißenden Geruch hatte er noch gut in Erinnerung.

Besonders beeindruckt hatte ihn jedes Mal, wenn der Schmied das Eisen aus dem Feuer nahm, auf den Amboss legte und mit dem schweren Hammer bearbeitete, dass die Funken nur so stoben.

Kräftig genug war er, vor schwerer Arbeit hatte er sich noch niemals gedrückt, das bewiesen auch die Schwielen an seinen Händen.

Obendrein war er hier vor Verfolgung sicher, denn Wien war bereits 1520 protestantisch geworden und sowohl der Baumeister wie auch der Schmied waren wohl überzeugte Protestanten, das hatte Hieronymus gespürt, als der Fuhrmann mit genau diesem Argument den Baumeister und den Schmied überzeugt hatte.

Hieronymus ahnte nicht, dass er an einem der bedeutendsten Bauwerke Wiens mitarbeiten sollte. Auch im einundzwanzigsten Jahrhundert, also vierhundert Jahre später, würde dieser Bau noch täglich mehrere tausend Besucher anziehen. Bis dahin sollte die Burg aber noch mehrmals erweitert werden, bis sie bei ihrer endgültigen Fertigstellung zum größten Gebäudekomplex Europas werden würde. In unzähligen Räumen würden dann auf einer Fläche von 24 Hektar mehr als 5 000 Personen wohnen oder arbeiten.

Der Anfang dieser Hofburg, die er von nun an mitgestalten würde, lag schon mehrere hundert Jahre zurück. Bereits seit dem

13. Jahrhundert war sie, bis auf wenige Unterbrechungen, die Residenz der Habsburger. Jetzt regierte hier Kaiser Ferdinand I., und der hatte schon vor Jahren die Erweiterung der Burg in Auftrag gegeben, nachdem er 1558 Kaiser des Römisch-Deutschen Reiches geworden war. In diesem Jahr sollte noch das Dach geschlossen werden, dann konnte mit dem Innenausbau der Räume begonnen werden.

Hieronymus ahnte aber auch nicht, dass schon wenige Jahre später, nämlich 1619, sein so verhasster Erzherzog Ferdinand II. zum Kaiser des Heiligen Römischen Reiches gekrönt und ausgerechnet die Wiener Hofburg zu seinem Regierungssitz machen würde ...

Hieronymus half dem Schmied noch beim Abladen des schweren Eisens, dann verabschiedete er sich vom Fuhrmann und dankte nochmals für dessen Hilfe: „Fuhrmann, sei bedankt für deine Hilfe! Ohne dich hätte ich diese Stelle nicht bekommen! Sag mir, wie ich das wieder gutmachen kann!"

„Schon in Ordnung, mein Freund, du hast mich während der Reise überzeugt, dass du ein guter Arbeiter bist. So einer, den ich gut gebrauchen könnte. Wer weiß, vielleicht hat sich im nächsten Jahr die Lage beruhigt und der Erzherzog akzeptiert die Protestanten. Dann nehme ich dich mit zurück nach Leoben und wer weiß, vielleicht hast du ja Lust, Fuhrmann zu werden. Dann fängst du bei mir an, bekommst ein Gespann und kannst einmal im Monat nach Graz fahren. Jedes Mal kommst du durch Leoben und besuchst deine Eltern. Was hältst du davon?"

„Der Vorschlag hört sich sehr verlockend an", dachte Hieronymus, hob noch einmal die Hand zum Gruße und verschwand in die Schmiede.

Der Schmied hatte inzwischen das Feuer in der Esse entfacht und mit einem Blasebalg, der oberhalb der Esse befestigt war, mit einer Kette betätigt werden musste und die ausgestoßene Luft durch ein Rohr unter das Feuer führte, die Schmiedekohle zum Glühen gebracht. Nun wuchtete er ein großes Stück Eisen in die hell leuchtende Glut, die Arbeit konnte beginnen.

Für Hieronymus war es der Beginn einer neuen Zeit.

Zweites Kapitel

Sommer 1602 – 1605

Lutge Steinke war ein Mann mittleren Alters. Er war mit sich und der Welt zufrieden. Er bewirtschaftete den größten Hof in dem kleinen, beschaulichen Heidedorf Gerdesburg in der Lüneburger Heide, im ruhigen Tal der Seeve. Er hatte eine gute Frau und eine gut gewachsene, hübsche Tochter, die nun schon sechzehn Jahre alt war. Gern hätte er auch einen Sohn gehabt, darauf hatte er aber vergebens gewartet. Außer seiner einzigen Tochter Margarete hatte seine Frau ihm keine weiteren Kinder geschenkt.

„Langsam muss ich mir mal Gedanken machen, mit wem ich meine Tochter verheirate. Der junge Heinrich vom Blohmshof aus Kleinau könnte mir wohl gefallen, er ist gesund, kräftig und strebsam. Als zweiter Sohn vom Blohmshof wird er wohl auch eine ordentliche Abfindung mitbringen. Ich sollte mal mit seinem Vater reden", dachte sich Lutge, stoppte seine Pferde mit einem kräftigen „Brrr", setzte sich auf den Querholm seines Pfluges, steckte sich gemütlich eine Pfeife an und sah zufrieden hinab ins Bredbachtal. Am Wegesrand wärmte sich eine Ringelnatter in den hellen Sonnenstrahlen Eine Krähe spazierte über den frisch gepflügten Acker und suchte nach fetten Würmern. Vom Dorf her erklang Hundegebell.

Ja, heute musste Lutge einmal selbst auf dem Lerchenberg pflügen. Seinem Knecht ging es schlecht. Er litt schon seit einigen Wochen an der Schwindsucht, lange würde er es wohl nicht mehr machen. Deshalb war Lutge heute zum Pflügen gefahren.

Der Sommer war sehr trocken gewesen. Das Korn war früh gereift und der Winterroggen schon zeitig geerntet worden. Jetzt wollte er den Stoppel pflügen, um anschließend noch ein paar Lupinen einzusäen.

Lupinen, das wusste er, würden den Boden verbessern und so im nächsten Jahr für eine gute Ernte sorgen.

Er hörte aus der Ferne die Turmuhr schlagen, Es war jetzt vier Uhr nachmittags und der Feierabend war nicht mehr fern. Dichte Wolken zogen sich am Himmel im Westen über Schierhorn, dem Nachbarort von Gerdesburg, zusammen und türmten sich hoch auf. Hin und wieder grummelte es aus der Ferne und die Wolken begannen, den Himmel zu verdunkeln. Es war den ganzen Tag über schwül gewesen und Lutge freute sich auf die Abkühlung, die dieses Gewitter bringen würde.

„Na, die paar Furchen werde ich wohl noch schaffen", dachte sich Lutge, „selbst wenn es anfängt zu regnen, werde ich dieses Stück Land noch fertig pflügen. Jetzt den schweren Pflug auf den Wagen heben und nach Hause fahren bringt nichts, auch auf dem Nachhauseweg würde mich der Regen erwischen und ich wäre genauso nass, wie wenn ich die paar Furchen noch pflüge."

Es dauerte nicht lange und die ersten dicken Tropfen lösten sich aus den Wolken.

Dann passierte es! Blitz und Donner waren eins. Lutge, der den eisernen Pflug mit beiden Händen führte und somit bestens geerdet war, wurde vom Blitz getroffen. Auf der Stelle war er tot und fiel bäuchlings in die gerade eben gepflügte Furche.

Die Pferde hatten sich ebenfalls vor dem starken Donner erschrocken. Außerdem war die Luft elektrisch geladen, wovon sie einen kräftigen Schlag bekommen hatten. Hinter ihnen war niemand mehr, der beruhigend auf sie einreden konnte, und so setzten sie unvermittelt zur Flucht an und liefen im vollen Galopp ziellos davon, den umgekippten Pflug immer hinter sich herziehend.

Zuerst ging es quer über den Lerchenberg, dann den Schierhorner Weg hinunter, über die hölzerne Seevebrücke, am Erlenhof vorbei ins Dorf. Der Pflug rutschte scheppernd über die Steine. Funken stoben. Dabei gerieten die Pferde immer mehr in Panik!

In Höhe der Kirche sah der Knecht des Främbshofes die durchgegangenen Pferde die Straße entlanggaloppieren und auf sich zukommen. Er wollte sie aufhalten und stellte sich ihnen mit ausgebreiteten Armen in den Weg.

Die Pferde aber dachten gar nicht daran, stehenzubleiben. Sie wichen dem Knecht aus, kamen vom Weg ab und rannten nun in Richtung der Dorfeiche, die auf dem Vorplatz der Kirche stand.

Während eines der Pferde links am Baum vorbei wollte, zog das andere Pferd nach rechts, so dass sie den Baum genau in die Mitte nahmen.

Es gab einen fürchterlichen Knall, dann herrschte Ruhe. Gespenstische Ruhe. Beide Pferde lagen am Boden. Eines war sofort tot, das andere schlug noch lebend mit den Beinen. Anscheinend hatte aber auch dieses sich so schwer verletzt, dass es wohl kaum überleben würde.

Im Nu kamen alle Nachbarn aus ihren Häusern gerannt, um zu sehen, was passiert war. Jeder kannte die beiden Pferde. Jeder wusste, wem sie gehörten, und jeder wusste, dass etwas Fürchterliches passiert sein musste, denn Bauer Lutge vom Erlenhof galt als einer der besten Pferdelenker weit und breit. Wenn dem die Pferde durchgingen, dann musste etwas Schlimmes passiert sein.

Sofort machten sich ein paar der Umherstehenden auf den Weg, um nach Lutge zu suchen. Den Weg zu finden war nicht schwer, denn der Pflug hinter den Pferden hatte eine deutliche Spur hinterlassen. Er führte sie direkt zum Lerchenberg. Inzwischen regnete es wie aus Eimern. Blitz und Donner folgten pausenlos aufeinander. Es war völlig windstill, das Gewitter bewegte sich nicht von der Stelle.

Auf dem Lerchenberg fanden sie Lutge, leblos in der Furche liegend. Er hatte schwerste Verbrennungen, seine Hände waren verkohlt. Hier kam jede Hilfe zu spät, das war sofort zu erkennen. Jeder sprach für sich ein stilles Gebet.

Dann ergriff Martin, einer der Umstehenden, die Initiative. Er schickte den Knecht vom Meyerhof zum Pastor. Der sollte dem Toten den letzten Segen geben und anschließend der Witwe tröstend zur Seite stehen.

Den Bauern vom Meyerhof, der als sehr einfühlsamer Mann galt, schickte er zur Frau des verunglückten Lutge, um ihr von diesem furchtbaren Unglück zu berichten: „Gehe zu ihr und berichte ihr, was hier passiert ist. Sage ihr, wir würden ihren toten Gatten zu ihr ins Haus bringen und ihn dort aufbahren, sobald der Pastor ihm den letzten Segen geben hat!" Eine wahrlich nicht leichte Aufgabe, die er dem Bauern vom Meyerhof zumutete. Der aber nickte wortlos und machte sich mit gesenktem Haupt auf den Weg.

Dann schaute er in die Runde und suchte nach einem Bauern, der ein Pferdegespann hatte. Nur die größeren Bauern besaßen Pferde, die Kötner ließen ihre Wagen von Kühen oder Ochsen ziehen. Die Kühe gaben neben ihrer Arbeit auch noch ein wenig Milch und konnten, wenn sie älter wurden, noch geschlachtet werden. Die Ochsen waren schwerer und stärker, konnten somit größere Lasten ziehen. Auch sie konnten zum Ende ihres Lebens noch geschlachtet werden. Außerdem bekamen die Kühe ja jedes Jahr ein Kalb und so konnte der Nachwuchs selbst aufgezogen werden.

Martin entdeckte unter den Umherstehenden niemanden, der noch ein Pferdegespann besaß und so erteilte er dem Kötner Lühr den Auftrag, sein Ochsengespann zu holen, um den toten Bauern Lutge zu seiner Witwe zu bringen: „Geh hin und hole deinen Ochsen, spann ihn vor einen Wagen und komm zurück, um Lutge abzuholen. Aber beeil dich, sonst wird es dunkel, bevor dein langsamer Ochse hier ist und wir den Erlenhof erreicht haben!"

Kötner Lühr zögerte nicht, wandte sich um und machte sich auf den Weg, den Ochsen und einen Wagen zu holen.

Kaum, dass Ruhe eingekehrt war und man das ganze Geschehen erfasst hatte, hörte man vom Dorf her die Sturmglocke erklingen. Die hing im hölzernen Turm, der neben der Kirche stand, und wurde auch bei Feuer im Dorf geläutet. Wenig später ertönte das Feuerhorn.

„Ein Unglück kommt selten allein", dachte Martin und wandte den Blick in Richtung des Dorfes. Und nun sahen es alle, ein heller Feuerschein leuchtete vom Dorf herüber. „Lauft alle schnell ins Dorf und helft beim Löschen!", befahl Martin, „ich bleibe hier beim toten Erlenhofbauern und halte die Totenwache, bis der Pastor da ist. Dann komme ich nach!"

Zur gleichen Zeit;

Hieronymus Köhler hatte es sich in der Kutsche bequem gemacht. Er hatte die Beine übereinandergeschlagen und schaute durch das offene Fenster auf die merkwürdige Landschaft, durch die er nun schon mehrere Stunden gefahren war.

Heideflächen ohne Ende! Hin und wieder ein paar einsame Birken und Wacholder. Dazwischen weideten ein paar Schafe mit zotteligem Fell, man nannte sie hier Heidschnucken. Die Landschaft war leicht hügelig, aber gar nicht zu vergleichen mit den Bergen seiner Heimat in der Steiermark.

Die Wege waren breit, mehr als fünfzig Klafter mochten es sein. War eine Wegspur zu sehr ausgefahren, nahm der Kutscher einfach eine andere Spur. Platz war genügend vorhanden.

Hieronymus war auf dem Weg nach Hamburg, einer Stadt an der Elbe, mit mehr als dreißigtausend Einwohnern. Hamburg sei das Tor zur Welt, hatte man ihm erzählt. Einen großen Hafen sollte es dort geben, von dort sollten Schiffe in ferne Länder fahren und wertvolle Gewürze aus Indien holen. Ein Schiff solle sogar regelmäßig nach Amerika fahren. Das war das neue Land, das ein gewisser Kolumbus, ein Portugiese, geboren in Genua, in Italien, erst vor etwas mehr als einhundert Jahren entdeckt hatte.

Was er in Hamburg wollte, wusste er noch nicht so genau, vielleicht im Hafen eine gut bezahlte Arbeit finden? Vielleicht konnte er aber auch auf einem Schiff anheuern und so die Welt kennenlernen. Vielleicht würde er aber auch nach Amerika fahren. Alles war möglich, das hatte er in den vergangenen sechs Jahren gelernt.

Ja, fast sechs Jahre war es jetzt her, dass er aus seiner Heimat, Leoben in der Steiermark, vertrieben wurde. Sein Erzherzog Ferdinand II. hatte verlangt, dass alle Bürger seines Landes den katholischen Glauben annehmen. Das wollte Hieronymus aber auf gar keinen Fall. Um einer schweren Strafe zu entgehen oder möglicherweise gar auf eine Galeere geschickt zu werden, hatte er lieber die Flucht ergriffen und war zunächst in Wien als Schmiedehelfer untergekommen.

Drei Jahre lang hatte er dort gearbeitet, hatte Nägel geschmiedet, bei der Anfertigung von Türgehängen geholfen und gemeinsam mit dem Meister große Radreifen aufgezogen. Es war keine leichte Arbeit gewesen, aber er hatte einen warmen Arbeitsplatz und musste nicht bei Schnee und Regen, so wie die anderen Arbeiter auf der Hofburg, draußen arbeiten.

Außerdem hatte er ein Dach über dem Kopf und konnte nachts in einem Nebenraum der Schmiede sein Lager aufschlagen.

„Du hast deine Arbeit gut gemacht", hatte ihm eines Tages der Schmiedemeister mit auf den Weg gegeben, als die Arbeit auf der Hofburg beendet war und der Schmied ihn entlassen hatte. „Ganz ehrlich, als der Fuhrmann mich bat, dich anzustellen, habe ich gedacht, was sollst du mit dem Zwerg? Der kann doch nicht einmal einen Hammer heben", lachte er, „da habe ich mich aber wohl gründlich geirrt!"

„Nun aber mach dich auf den Weg nach Prag! Der Schmied auf der Prager Burg wartet schon auf dich! Ich habe ihm gesagt, dass ich ihm einen fleißigen Hilfsmann schicken werde. Also geh und grüß ihn von mir!"

Hieronymus nahm schweren Herzens Abschied von Wien und machte sich auf den Weg nach Prag. Hier fand er, wie es ihm der Schmied auf der Hofburg in Wien versprochen hatte, wieder eine Arbeitsstelle, in der Schmiede auf der Prager Burg.

Wieder arbeitete er an einer Burg, durch die sein verhasster Erzherzog Ferdinand II. ein paar Jahre später zu trauriger Berühmtheit gelangen sollte.

„Am 23. Mai 1618 zogen nach der Ständeversammlung ca. 200 Vertreter der Protestanten unter der Führung von Heinrich Matthias von Thurn zur Burg und warfen nach einem kurzen Schauprozess die anwesenden Statthalter des 1617 zum böhmischen König gewählten Ferdinand von der Steiermark aus dem Fenster der Burg in den etwa siebzehn Meter tiefer gelegenen Burggraben.

Die Aufständischen warfen Ferdinand vor, die Religionsfreiheit, die Kaiser Rudolf II. 1609 im Majestätsbrief den Protestanten zugesichert hatte, missachtet zu haben, indem er die evangelischen Kirchen in Klostergrab und Braunau abreißen ließ.

Als Ersten warfen sie den Statthalter Jorislaw Borsita Graf von Martinitz aus dem Fenster. Der hielt sich zunächst noch am Fenstersims fest, musste dann aber loslassen, als man ihm so kräftig auf die Finger geschlagen hatte, dass er sich nicht mehr halten konnte. Später beschwerte er sich, sie hätten zuerst die Finger seiner Hand, mit der er sich festgehalten habe, bis aufs Blut zerschlagen und ihn dann ohne Hut, im schwarzen samtenen Mantel, hinabgeworfen.

Er sei auf die Erde gefallen und habe sich noch acht Ellen weiter in den Graben gewälzt. Dabei habe er sich sehr mit dem Kopf in seinen schweren Mantel verwickelt.

Alle drei überlebten, wenn auch verletzt.

Später würde man sagen, ein Misthaufen, der unter dem Fenster lag, habe sie weich aufgefangen und ihnen somit das Leben gerettet. Diese Geschichte sollte vermitteln, dass man die Statthalter dorthin befördert hatte, wohin sie gehörten: Auf den „Misthaufen!"

In Wirklichkeit aber befand sich unter dem Fenster eine schräge Stützmauer, an der die Unglücklichen mehr herabglitten, als dass sie fielen. Dann konnten sie auf der Böschung zum Graben, so wie es Jorislaw Borsita Graf von Martinitz beschrieben hatte, so abrollen, dass die Wucht des Aufpralls gemindert wurde.

Mit dem Prager Fenstersturz sollte ein dreißigjähriger Krieg beginnen, dessen Folgen auch Hieronymus noch zu spüren bekommen sollte.

Hieronymus aber arbeitete jetzt erneut als Schmiedehelfer für den Schmied auf der Prager Burg. Hier mussten sie ihre Arbeiten so ausführen, wie es der Auftraggeber, der kunstinteressierte Kaiser Rudolf, der hier 1583 seinen Dienstsitz genommen hatte, verlangte.

Während Hieronymus in Wien grobe Arbeiten hatte ausführen müssen, lernte er auf der Prager Burg die vielfältigen Aufgaben eines Kunstschmiedes. Es wurden verzierte Brüstungen und Treppengeländer ebenso geschmiedet wie verschnörkelte Kamineinsätze oder kunstvoll gestaltete Wandleuchter.

Nach Beendigung der Arbeiten auf der Burg konnte der Schmied Hieronymus nicht weiterbeschäftigen. Drei Jahre hatte er auf der Burg gearbeitet, jetzt machte er sich auf den Weg nach Dresden. Dort wollte er den Pastor aufsuchen, den ihm sein Amtskollege in Bruck empfohlen hatte und für den er ein Empfehlungsschreiben noch immer bei sich trug.

In Dresden angekommen, begab er sich, wie ihm vor fast sechs Jahren geheißen wurde, zur Katharinenkirche, in der der im Empfehlungsschreiben benannte Pastor seinen Dienst tun sollte.

Der Pastor empfing ihn freundlich, berichtete ihm aber, dass er erst vor ein paar Monaten seinen Dienst hier in der Katharinenkirche angetreten habe. Sein Vorgänger, der Adressat des Empfehlungsschreibens, sei verstorben. „Ich kann Ihnen nicht helfen! Es gibt zurzeit keine Arbeit in der Stadt. Vielleicht finden Sie aber eine Arbeit am Hafen. Dort werden manchmal Schiffsknechte für die Flussschifffahrt auf der Elbe gesucht", vertröstete ihn der Pastor: „Fragen Sie dort einmal nach!".

Hieronymus folgte diesem Rat und tatsächlich, am Hafen fand er einen Schiffer, der einen Schiffsknecht für eine Fahrt nach Magdeburg suchte. Große Kenntnisse brauche der nicht zu haben, es genüge, wenn er stark sei und mit kräftigem Staaken den Frachtkahn in der Mitte des Fahrwassers halten könne.

Das war neu für Hieronymus. Schiffe hatte er zwar schon gesehen, aber betreten hatte er noch niemals eines. Und was, wenn so ein Kahn einmal untergehen sollte, oder er über Bord fiel? Schwimmen konnte er nicht. Das würde dann wohl sein Ende bedeuten.

Was aber blieb ihm übrig? In Dresden konnte er nicht bleiben. Dort gab es keine Arbeit. Ein anderes Angebot hatte er nicht. Vielleicht gab es ja in Magdeburg Arbeit.

Magdeburg sei eine reiche Stadt und die Böden um Magdeburg herum sollten unglaublich gut und fruchtbar sein, hatte der Schiffer gesagt, und ihm somit Hoffnung gemacht, dass er bei einem Bauern wohl eine Anstellung als Knecht finden würde.

Und seit 1601 sei man hier auch schon protestantisch, wurde ihm versichert. Es gäbe zwar noch das katholische Kloster St. Lorenz, ein Kloster der Zisterziensernonnen, das sei aber bedeutungslos.

Also nahm er das Angebot an und hoffte, so unbeschadet nach Magdeburg zu kommen.

Die Arbeit war leichter, als er sich das vorgestellt hatte. Die Elbe war stromabwärts von Dresden schon ein stattlicher Fluss und brachte mit ihrer Strömung den Kahn zügig voran.

Hieronymus hatte man eine lange Stange gegeben, mit der er den Kahn in der Mitte des Flusses halten sollte. Er musste also lediglich, wenn man zu dicht ans Ufer kam, zur Stange greifen und mit viel Kraft den Kahn zurück zur Flussmitte drücken. Dann ging es wieder gemütlich flussabwärts.

Es war ruhig hier. Nicht so ein Lärm wie in der Schmiede, wo das Bearbeiten des Eisens mit dem schweren Hammer und das Schlagen auf den Amboss durch die ganze Schmiede dröhnte und noch weit entfernt zu hören war.

Hier konnte er die Nähe zur Natur genießen, fast wie auf seiner Alm in Leoben. Nur dass es hier keine Berge gab, nur rund um ihn herum Wasser. Hin und wieder sprang ein Fisch aus den Fluten und schnappte nach Fliegen.

Dann beobachtete er einen Fischadler, der sich aufs Wasser stürzte und mit seinen scharfen Krallen zielsicher einen Fisch ergriff. Der Seeadler war nicht ganz so groß wie die Steinadler in den Leobener Bergen, aber die Fangmethode, mit der er sich die Fische aus dem Wasser holte, begeisterte Hieronymus.

In der Nähe des Ufers, im seichten Wasser, stand regungslos ein Graureiher. „Der wartet darauf, dass er mit seinen schillernden Beinen einen Fisch anlockt, dann greift er erbarmungslos zu", erklärte der Schiffer.

Auf den Wiesen neben dem Fluss, die gerade frisch gemäht waren, wanderten immer wieder Weißstörche auf und ab und suchten nach Insekten, Fröschen und Mäusen. Hieronymus wunderte sich, wie dicht diese Tiere an den Menschen herankamen. Sie schienen keinerlei Furcht zu haben. Ihre großen Nester hatten sie teilweise auf den Dächern der Häuser gebaut und waren nun dabei, ihre Jungvögel mit Futter zu versorgen.

Als dann auch noch ein Biber mit einem großen Weidenzweig in der Schnauze den Weg des Kahns kreuzte und wohl im Begriff war, diesen zum Bau einer Biberburg zu nutzen, ging Hieronymus das Herz auf. Er dankte seinem Herrgott für die wunderbare Schöpfung und versprach, so bald wie möglich wieder einmal einen Gottesdienst zu besuchen. Darauf sollte er nicht lange warten müssen, die Gelegenheit dazu ergab sich schon wenige Tage später.

Es war eine lange Strecke von Dresden bis Magdeburg. Etwa vierzig Meilen. Mit etwas Glück konnte man eine halbe Meile in einer Stunde schaffen. Mal etwas mehr, mal etwas weniger. Es würde also eine ganze Weile dauern, bis sie Magdeburg erreichten.

Als sie am späten Nachmittag des Samstags die Stadt Wittenberg erreichten, beschloss der Schiffer, hier eine Rast einzulegen und die Reise erst am Montag in aller Frühe fortzusetzen. Zum einen war auch ihm der Sonntag heilig. Sollte man hier gegen Gottes Gebot verstoßen, wäre eine sichere Weiterreise kaum möglich, zumindest sehr gefährlich, da war sich der Schiffer sicher!

Zum anderen dachte er dabei auch ein wenig an Hieronymus, von dem er ja wusste, dass dieser ein gläubiger Protestant war. Hier, in Wittenberg, hatte Martin Luther am 31. Oktober 1517 seine 95 Thesen an die Schlosskirche genagelt. Hier war der Ausgangspunkt der Reformation. Es würde Hieronymus sicherlich gefallen, wenn er den nächsten Gottesdienst ausgerechnet hier in dieser Kirche besuchen könnte.

Hieronymus war begeistert! Schon die Eingangstür hatte es ihm angetan. Das also war die geschichtsträchtige Tür, an die der Theologieprofessor Martin Luther seine Thesen geheftet hatte. Und nun durfte Hieronymus durch dieses Portal schreiten. Diesen Moment würde er sicherlich niemals vergessen.

Am nächsten Morgen ging die Reise gleich nach Sonnenaufgang weiter.

Innerhalb einer Woche erreichten sie ihr Ziel. Es waren lange Tage gewesen, aber das Wetter war gut, und Hieronymus hatte die Arbeit gefallen. Seine Angst, dass ihm etwas passieren könnte und er ertrinken würde, hatte sich schnell gelegt.

In Magdeburg angekommen, entlohnte ihn der Schiffer und fragte, ob Hieronymus ihm nicht helfen wolle, den Kahn zurück nach Dresden zu treideln. Dieses Angebot aber lehnte Hieronymus ab, denn dann wäre er ja wieder in Dresden, wo es keine Arbeit gab, und er stünde vor dem gleichen Problem wie vor einer Woche. Nein, das wollte er nicht.

Noch im Hafen von Magdeburg kam er mit mehreren Schiffern ins Gespräch. Die nahmen ihm die Illusion, dass er in Magdeburg oder in einem der umliegenden Dörfer eine Arbeit finden würde. Günstigstenfalls könne er sich als Söldner verdingen. Gerade erst vor wenigen Tagen seien 2 722 Soldaten und etwa 1 000 Reiter, die sich bis dahin in der Stadt aufgehalten hätten, nach Braunschweig aufgebrochen, um der belagerten Stadt zu helfen.

Hieronymus aber schüttelte den Kopf. Nein, das wollte er nicht. Wenn es in Magdeburg keine Arbeit für ihn gab, wollte er weiterziehen.

So rieten sie ihm, nach Hamburg zu gehen, Hamburg sei das Tor zur Welt, dort gäbe es einen großen Hafen, dort werde er Arbeit finden. „Es legen dort große Schiffe an, die in alle Welt segeln und wertvolle Fracht aus weit entfernten Ländern holen. Selbst bis nach Amerika segeln Schiffe. Dort, in Amerika, soll es unendlich viel Land geben! Sie suchen Siedler, die sich dort ein neues Leben aufbauen wollen", erzählte man ihm. Vielleicht wäre das ja etwas für ihn. Er sei jung, ledig und kräftig, das seien doch genau die Voraussetzungen, die man brauche, wenn man ein neues Leben in einem fernen Land beginnen wolle.

Das hatte bei Hieronymus Interesse geweckt. Ob er wirklich nach Amerika wollte, wusste er nicht. Aber Hamburg, Hafen und Wasser, das hörte sich vielversprechend an. Da wollte er hin.

Nun also saß er schon seit einigen Tagen in einer Kutsche auf dem Weg gen Norden Richtung Hamburg. Die Reisekosten hatte er sich verdient. Schließlich hatte er fast sechs Jahre als Schmied gearbeitet, einen angemessenen Lohn erhalten und davon kaum etwas ausgegeben. Die zurückgelegte Strecke hatte ihn in seiner Auffassung, mit einer Kutsche zu reisen, bestätigt. Zu Fuß hätte er diese unendlich lange und langweilige Strecke sicherlich nicht geschafft.

Es war schon den ganzen Tag über schwül gewesen und Hieronymus schwitzte in der engen Kutsche. Hin und wieder zog ein kleiner Windstoß durch die geöffneten Fenster und brachte ihm etwas Abkühlung.

Er bedauerte die Pferde, die die schwere Kutsche durch den losen Heidesand ziehen mussten. Obendrein wurden sie von den sie ständig begleitenden Gewitterbremsen unaufhaltsam belästigt. Auch den Pferden lief der Schweiß über das Fell. Trotzdem verrichteten sie unbeirrt ihre schwere Arbeit.

Immerhin konnte es jetzt nicht mehr allzu weit bis nach Hamburg sein und der Gedanke daran, dass hier seine Reise vorläufig enden sollte, machte ihn nachdenklich. Was ihn dort wohl erwarten würde?

Er sah hinaus und wunderte sich über den tiefschwarzen Himmel zu seiner Linken. Blitze zuckten und ein tiefer Donner grollte pausenlos. Dann sah er es: Ein heller Feuerschein beleuchtete den Horizont.

Auch der Kutscher hatte es bemerkt. Er hielt die Pferde an, stieg vom Kutschbock und redete auf Hieronymus ein: „Herr, sehen Sie den Feuerschein? Es muss in Gerdesburg sein! Meine Schwester wohnt in Gerdesburg. Sie ist dort mit einem Kötner verheiratet. Ich fürchte, es könnte ihr Haus sein, das dort in Flammen steht.

Erlauben Sie, dass wir einen kurzen Umweg machen und über Gerdesburg fahren? Der Weg ist kaum weiter, aber ich kann nicht beruhigt weiterfahren, wenn ich nicht weiß, was mit meiner Schwester ist!"

Hieronymus zeigte Verständnis für die Sorge des Kutschers und antwortete: „Machen Sie nur, ich kann Ihre Sorge verstehen!"

Der Kutscher trieb die Pferde an und bog dann in Markendorf nach links vom Postweg ab, fuhr den Rehberg hinauf, von wo aus man einen guten Blick auf das nahegelegene Gerdesburg hatte. Dann ging es in stürmischer Fahrt den Berg hinunter, durch die Furt der Schmalen Aue, dann ein Stück an der Seeve entlang und wieder durch eine Furt bis ins Dorf.

Und tatsächlich! Es war das strohgedeckte Haus des Kötners Hagemann, der mit der Schwester des Kutschers verheiratet war, das dort in hellen Flammen stand. Die Dorfbewohner waren alle längst mit ihren Ledereimern zur Stelle und schöpften Wasser aus dem Dorfbrunnen, das sie dann in den Eimern von Hand zu Hand weiterreichten, um damit das Feuer zu löschen.

Es waren viel zu wenige Leute auf der langen Strecke, über die das Wasser befördert werden musste. Jeder hatte ein paar Schritte zu laufen, bevor er den Eimer weiterreichen konnte. Der Kutscher sprang vom Bock, machte seine Pferde fest und rief: „Kommen Sie, Herr, wir müssen helfen! Es sind viel zu wenige Leute!"

Auch Hieronymus sah, dass hier jede Hand gebraucht wurde, und so reihte er sich wortlos ein in die lange Reihe der Eimerkette.

Längst hatte sich das Feuer über das gesamte Dach ausgebreitet. Das ganze Haus stand in hellen Flammen. Teile des brennenden Strohs waren ins Innere gefallen und hatten dort die Holzbalken und Fußböden sowie das gesamte Inventar in Brand gesetzt. Hier gab es nichts mehr zu retten. Trotzdem sollte das Feuer möglichst klein gehalten werden, damit die ebenfalls mit Stroh gedeckten Nachbarhäuser durch den Funkenflug nicht auch noch ein Raub der Flammen wurden.

Zum Glück regnete es immer noch in Strömen, so dass die Dächer der Nachbarhäuser pitschnass waren und die Funken, wenn sie nicht schon vom Regen erstickt waren, auf den Dächern erloschen, bevor sie diese in Brand setzen konnten.

Das Dorf entging somit einer noch viel größeren Katastrophe.

Bis in den frühen Abend dauerten die Löscharbeiten, bis auch die letzte Glut erstickt war. Alle Helfer waren rußgeschwärzt und völlig erschöpft, als sie sich auf ein paar eilig herbeigeschafften Strohbunden niederließen, um sich ein wenig auszuruhen. Schweigend saßen sie da, bis der Besitzer der Brandruine, der

Kötner Hagemann, das Wort ergriff und in seiner plattdeutschen Heimatsprache sagte: „*Danke! Besten Dank för jaun Hülp. Allns is half so leeg*", begann er beruhigend auf die Anwesenden einzureden, „*wi sünd all an' Läben, mien Frau, mien Kinner un ick künn rechtiedig dat Hus verloten. Keeneen is wat passeert. Uns Ersportes kün' wie noch rechtiedig von den Hoge Kant haln un in Sicherheit bringn. De Keuh sünd up de Weid, de Schwien loopt in Eickhoff för de Eckernmast. De Immen sünd in de Heid un drächt wieder munter dann smackhaften Honnig tohopn. Keeneen von der Naaberhüs is dank jaune Hülp in Brand geran, keeneen is to Schaden kom.*"

Hieromymus hatte staunend zugehört. Was war das denn für eine Sprache? Kein Wort hatte er verstanden. Fragend sah er den Kutscher an, der neben ihm saß.

Der begriff sofort, dass Hieronymus nichts verstanden hatte und erklärte: „Das war der Besitzer des Hauses, mein Schwager Hagemann, der sich bei den Anwesenden für die Hilfe bedankte. Er hat das in unserer Heimatsprache, dem Plattdeutschen, gesagt. Ich werde es übersetzen."

Dann begann er: „Danke, besten Dank für eure Hilfe! Es ist alles halb so schlimm, wir sind alle am Leben. Meine Frau, meine Kinder und ich konnten rechtzeitig das Haus verlassen, niemandem ist etwas passiert. Unser Erspartes konnten wir noch rechtzeitig von der Hohen Kante holen und haben es gerettet. Die Kühe laufen auf der Weide. Die Schweine sind im Eichhof zur Eichelmast. Die Bienen sind in der Heide und tragen weiter munter den schmackhaften Honig zusammen. Keines der Nachbarhäuser ist dank eurer Hilfe in Brand geraten, niemand ist zu Schaden gekommen."

Hieronymus hatte auf seiner langen Reise von Leoben bis hier ja schon so einige verschiedene Dialekte kennengelernt. Am wenigsten hatte ihm der Akzent in Dresden gefallen. Dort hatte er allerdings immer alles verstanden, hier aber nicht ein einziges Wort!

Umso mehr wunderte er sich, als der Redner nun wieder das Wort ergriff und an ihn gewandt, im saubersten Hochdeutsch, so wie Luther es gesprochen haben muss und wie er die Bibel übersetzt hatte, fragte: „Wer bist du? Wie heißt du? Dich habe ich hier in Gerdesburg noch niemals gesehen. Wo kommst du her? Was machst du hier?"

Hieronymus nannte seinen Namen und berichtete wahrheitsgemäß, dass er mit der Kutsche von Magdeburg nach Hamburg unterwegs sei und dass er und sein Kutscher, der angab, dass seine Schwester in Gerdesburg verheiratet sei, den hellen Feuerschein gesehen hätten. Daraufhin habe der Kutscher darum gebeten, nach der Ursache für den Feuerschein zu suchen.

Er, der Kutscher, habe vermutet, dass es eventuell das Haus seines Schwagers und seiner Schwester sein könne, das da in Flammen stand. Daraufhin hätten sie den Weg über Gerdesburg genommen. Wie sich herausstellen sollte, hatte der Kutscher ja auch Recht gehabt mit seiner Vermutung. Dass er, Hieronymus, helfend mit eingegriffen habe, ohne dass ihn jemand dazu aufgefordert hätte, sei für ihn selbstverständlich gewesen.

Die Anwesenden meinten nun in genauso sauberem Hochdeutsch, dass das keinesfalls so selbstverständlich sei und dass man ihm für seinen Einsatz danke und ihm Hochachtung zolle. Er solle aber doch bitte berichten, wo er denn herkäme, so einen Dialekt, wie er ihn spreche, habe man in Gerdesburg bis dahin noch niemals gehört.

Hieronymus begann zu erzählen und berichtete insbesondere über die Umstände, die ihn bewogen hatten, seine Heimat, die Steiermark zu verlassen. Er sei also quasi auf der Flucht vor seinem Erzherzog Ferdinand dem II. und wolle nun nach Hamburg, um sich dort eine Arbeit zu suchen. Vielleicht würde er dort auf einem Schiff anheuern und in die weite Welt reisen. „Schauen wir mal, was mir die Zukunft bringt", meinte er abschließend ein wenig augenzwinkernd.

Er ahnte nicht, dass noch am heutigen Tage seine Pläne vollständig über den Haufen geworfen würden.

Nachdem Hieronymus seine Geschichte erzählt hatte, entwickelte sich eine lebhafte Diskussion mit vielen Fragen der Anwesenden, die Hieronymus alle umfassend beantwortete.

Einer wollte wissen, wie hoch denn die Berge bei Leoben seien, ein anderer fragte danach, was denn eine Alm sei. Ein anderer wollte wissen, wie groß die Burgen in Wien und die in Prag seien.

Völliges Unverständnis rief aber die Erzählung über den Erzherzog Ferdinand II. hervor, der seine Bürger zum Übertritt in den Katholizismus zwingen wollte und dafür Bürger, die dem nicht folgten, aus dem Land trieb.

„Unsere Fürsten haben ganz andere Sorgen, als über den Katholizismus nachzudenken", warf der Bauer vom Meyerhof ein. „Unser Herzog Otto hatte 1527 keine Adelige, sondern die Hofdame Meta von Campe geheiratet. Daraufhin haben sie ihn aus dem Fürstentum Braunschweig-Lüneburg geworfen und ihm lediglich Harburg gegeben.

Sein Sohn Otto II. hat 1560 noch Moisburg dazubekommen. Dieses armselige Fleckchen regiert er nun", berichtet der Meyerhofbauer weiter und kann sich ein Lachen nicht verkneifen.

„Übrigens, die Grenze unseres kleinen Herzogtums verläuft nur ein paar hundert Meter von hier entfernt. Die Seeve ist die Grenze", ergänzte er noch, dann fiel ihm ein, dass ja der Erlenhof genau an dieser Grenze lag. Wie es dort wohl jetzt weitergehen würde?

Scheinbar hatten alle Anwesenden bei der Erwähnung der Seeve als Grenze die gleichen Gedanken an den Erlenhof. Es wurde totenstill, keiner sagte mehr etwas, jeder dachte wohl an den toten Lutge.

So vergingen ein paar schweigsame Minuten, dann kam der Pastor vom Erlenhof zurück. Er war so lange bei der Witwe des verunglückten Lutge Steinke gewesen und hatte ihr Trost zugesprochen.

Alle sahen den Pastor erwartungsvoll fragend an, dann begann der zu erzählen: „Die arme Frau ist völlig verzweifelt. Gerade hätten sie und ihr Gatte noch Pläne gemacht, wie der Speicher auf dem Hof umgebaut werden sollte, jetzt hat sie ihren geliebten Mann verloren und sie weiß nicht, wie es nun weitergehen soll. Die Ernte steht vor der Tür, bis auf den Winterroggen auf dem Lerchenberg wurde noch nichts geerntet. Der Knecht liegt im Sterben und Pferde hat sie auch keine mehr!"

„Die Tochter ist gerade sechzehn Jahre alt und noch zu jung, um sie zu verheiraten. Einen neuen Knecht kann sie so schnell auch nicht einstellen. Jetzt, so kurz vor der Ernte, wird kein Bauer seinen Knecht entlassen", fuhr der Pastor fort und fragte: „Männer, wisst ihr nicht einen Weg, wie man ihr helfen kann?"

Ratlosigkeit war in den Gesichtern der Umherstehenden zu lesen. Alle schauten betroffen nach unten. „Also", begann Claves, „wir alle müssten ihr helfen, jeder ein paar Tage, dann wird es gehen!" Er erntete mit seinem Vorschlag aber nur allgemeines Kopfschütteln.

Dann ergriff Jacob das Wort: „Mit meiner Hilfe sieht es schlecht aus. Auch bei mir steht die Ernte vor der Tür. Mein Knecht ist auch nicht mehr der rüstigste. Wann soll ich mir die Zeit nehmen und auf dem Erlenhof arbeiten? Außerdem ist gerade das Haus von Hagemann abgebrannt. Seht euch nur um! Auch dem müssen wir helfen, ein neues Haus zu bauen. Das schafft er ja wohl nicht alleine!" Allgemeines Kopfnicken.

„Der Müllergeselle von der Seppenser Mühle muss doch Zeit haben, jetzt, so kurz vor der Ernte hat der Müller doch ohnehin nichts zu tun", bemerkte Hinrich.

„Das wird nichts", warf nun der Meyerhofbauer ein, „der Müller will seine Mühle umbauen, das hat er mir am Sonntag nach der Kirche erzählt. Da braucht er seinen Gesellen. Den gibt er nicht her."

Es folgt ein langes Schweigen. Niemandem scheint noch etwas einzufallen.

Hieronymus, der interessiert zugehört hatte, aber den Zusammenhang noch nicht ganz erfasst hatte, weil er ja erst nach Gerdesburg gekommen war, nachdem das Unglück mit Lutge Steinke passiert war, ließ sich das Geschehen genau erklären. Dann, nach einer kurzen Nachdenkpause, hatte er eine Entscheidung getroffen: „Ich könnte es machen. Es ist egal, ob ich morgen nach Hamburg fahre oder erst in ein paar Monaten. Ich habe beim Bauern auf dem Bergkramerhof alle Arbeiten gelernt, die man als Bauer machen muss. Nur alleine kann ich es nicht schaffen, wenn auch noch der Knecht ausfällt. Wenn ihr mir alle eure Unterstützung zusagt, mache ich es!"

Wieder einen Augenblick eisiges Schweigen, dann einer der Anwesenden: „In Ordnung! Dass er anpacken kann, hat er vorhin bewiesen. Dass er ein aufrechter Mann ist, wissen wir aus seinen Erzählungen. Der Witwe müssen wir helfen! Wenn er es macht, sage ich ihm hiermit meine Unterstützung zu!" Damit reichte er Hieronymus die Hand mit den Worten: „Schlag ein, ich helfe dir, soweit ich kann!"

Hieronymus nahm die Hand und schlug ein. Sofort kamen auch die anderen, einer nach dem anderen, reichten Hieronymus die Hand und bekräftigten ihre Zusage, ihm zu helfen.

Der Pastor war sichtlich überrascht von der Hilfsbereitschaft des Fremden. Er erkundigte sich nun ebenfalls nach dessen Herkunft und nach seinen Kenntnissen über die Landwirtschaft. Hieronymus erzählte auch ihm in kurzen Worten seine Lebensgeschichte. Der Pastor war beeindruckt und erleichtert darüber, dass er so schnell eine Lösung für die Probleme auf dem Erlenhof gefunden hatte.

„Komm mein Sohn, lass uns nicht lange zögern, gehen wir zum Erlenhof und stellen dich der armen Witwe vor. Sie wird erleichtert sein, wenn sie so schnell Hilfe erfährt", sagte der Pastor und ergriff Hieronymus am Arm. Der wehrte aber noch kurz ab: „Moment noch, ich muss nur noch eben mein Bündel aus der Kutsche holen, es ist nicht viel, aber ohne meine Kleidungsstücke komme ich nicht aus." Dann folgte er dem Pastor auf dem Weg zum Erlenhof.

Hieronymus war begeistert, als der Hof in Sichtweite kam. Es war der größte Bauernhof hier im Dorf. Ein mächtiges Fachwerkhaus mit einem tief herunterragenden Strohdach. Die Nebengebäude wie der Speicher waren aus bestem Eichenholz gefertigt. Und der Hof lag unmittelbar an einem kleinen Fluss, der Seeve, von dem er ja schon erfahren hatte, dass das der Grenzfluss des Amtes Harburg und Moisburg zum Fürstentum Braunschweig-Lüneburg war.

Der Pastor klopfte kurz an die Tür und trat dann, ohne auf eine Antwort zu warten, ein. Hieronymus folgte ihm. Sie kamen in ein geräumiges Bauernhaus und betraten als erstes den großen Flett. Auf der linken Seite ging es in die Wohnräume, rechts von ihnen lag der Stall für Kühe, Schweine, Schafe und Hühner. Alle lebten gemeinsam unter einem Dach.

Die Uhren standen still, der Spiegel war zugehängt und die Gardinen von den Fenstern genommen. Ein Fenster war geöffnet. So war es hier Brauch, wenn ein Toter im Haus aufgebahrt war.

Der tote Bauer Lutger Steinke war inmitten des großen Fletts aufgebahrt. An seinem Kopfende brannten zwei Kerzen. Die Frau des Verstorbenen saß zusammengekauert in einem großen Lehnsessel neben dem offenen Feuer und weinte leise vor sich hin. Neben dem Verstorbenen stand ein junges Mädchen und hielt die Totenwache. Ihr Gesicht war nicht zu erkennen, sie weinte hemmungslos.

Der Pastor sprach die Frau an: „Frau Steinke, ich bringe Ihnen einen jungen Mann, der Ihnen bei der Arbeit helfen und Sie über die schwere Zeit hinwegbringen wird. Er heißt Hieronymus Köhler und kommt aus der fernen Steiermark. Er ist ein frommer Mensch und wurde von seinem Erzherzog Ferdinand aus seinem Land vertrieben, weil er nicht zum katholischen Glauben übertreten wollte. Die Bauern im Dorf haben ihn heute kennengelernt, als er unaufgefordert dabei half, den Brand bei Hagemann zu löschen. Sie haben davon gehört?" Die Frau nickte zustimmend.

Dann fuhr der Pastor fort: „Dieser Hieronymus Köhler wird sich um alles kümmern, was in den nächsten Tagen erledigt werden muss. Sie müssen ihm nur zeigen, welcher Acker Ihnen gehört und wo die Weiden für die Kühe sind. Um alles andere kümmert sich Hieronymus dann." Die Frau nickte wieder nur. „Hieronymus braucht ein Bett und etwas zu essen." Die Frau nickte erneut.

„Wollen Sie das Angebot annehmen und Hieronymus anstellen?" Die Frau nickte und fügte leise hinzu: „Was bleibt mir anderes übrig?"

Nun schaute auch zum ersten Mal das junge Mädchen auf und Hieronymus stockte bei ihrem Anblick der Atem. So ein hübsches Mädchen hatte er noch niemals zuvor gesehen. Ihre langen, strohblonden Haare waren zu zwei Zöpfen geflochten, die links und rechts über ihre wohlgeformten Brüste herunterhingen. Ihre verweinten Augen strahlten trotz der Tränen, die die Wangen hinunterliefen, in einem leuchtenden Blau. Ihr Gesicht war fein geschnitten und ihr Körper gut geformt.

Zuerst war er fast erstarrt, dann aber trat er an sie heran und strich ihr sanft über ihr blondes Haar: „Weine nicht, Kind, es wird alles gut, das verspreche ich dir!"

Er erschrak. Hatte er „Kind" gesagt? Das war ihm nun aber peinlich, das Mädchen war mindestens sechzehn Jahre alt und fast erwachsen. Hatte sie ihn so sehr aus der Fassung gebracht, dass er anfing, Unsinn zu reden?

Margarete war die Tochter des verstorbenen Bauern. Sie war das einzige Kind der Familie und vom Vater immer verwöhnt worden. Sie hatte ihn sehr geliebt und nun lag er aufgebahrt tot neben ihr im Flett und sie musste die Totenwache halten. Das schmerzte so unglaublich. Aber eines hatte ihr die Mutter stets beigebracht: „Was nicht zu ändern ist, ist nicht zu ändern, du musst die Dinge so hinnehmen, wie sie sind." Das war leicht daher gesagt. Jetzt aber konnte sie ihre Tränen nicht zurückhalten.

Und dann kam gerade in diesem Moment ein fremder Mann ins Haus und strich ihr so sanft und zärtlich übers Haar. Sie hatte ihm in die Augen gesehen und verspürte bei der Berührung ein Kribbeln im ganzen Körper, wie sie es bis dahin nicht kannte und noch niemals zuvor erlebt hatte. So ein großer, kräftiger Mann und dann eine so zärtliche Hand! Wie konnte das nur angehen? Und dann diese sanfte Stimme, das volle, schwarze Haar, die braunen Augen! Welch eine Wärme und Zuversicht hatten die ausgestrahlt! Margarete wusste von diesem Augenblick an: „Das ist der Mann, den ich einmal heiraten werde!"

Die Mutter bat Hieronymus zu sich. „Komm Hieronymus, ich zeige dir dein Bett, die Magd wird dir noch ein Essen zubereiten, du siehst hungrig aus. Und dann lass uns morgen weiterreden. Ich möchte jetzt allein sein, das verstehst du sicherlich."

Hieronymus nickte, ließ sich lediglich noch seine Schlafstelle zeigen und verschwand dann in der Kammer, wo ihm die Magd noch ein gutes, schmackhaftes Essen bereitete.

Was der morgige Tag wohl bringen würde?

Als Hieronymus am nächsten Morgen in den Stall kam, waren die Mägde schon am Melken. Sie hatten es sich auf kleinen dreibeinigen Hockern bequem gemacht. Dabei hielten sie den Eimer zwischen ihren Knien, was angesichts der langen Kleider, die sie trugen, gar nicht so einfach erschien. Außerdem trugen sie Kopftücher, damit ihre Haare nicht verschmutzten, wenn sie ihren Kopf leicht in die Lenden der Kühe drückten.

Das war neu für Hieronymus. Er glaubte, alle Arbeitsabläufe auf einem Bauernhof zu kennen. Aber allem Anschein nach war hier doch einiges anders als bei ihm zu Hause in der Steiermark. Dort mussten die Männer das Melken übernehmen, die Mägde waren nur für die Haus- und Gartenarbeit zuständig. Sieben Kühe mussten auf dem Erlenhof gemolken werden. „Na ja, das konnten wohl die Frauen schaffen", dachte sich Hieronymus, hatte er doch auf der Alm jeden Tag siebenunddreißig Kühe melken müssen. Das war schon eine andere Größe!

Kaum dass die Mägde mit dem Melken fertig waren, kam auch schon der Kuhhirte, ein Knabe von gerade einmal zwölf Jahren, und holte die Kühe aus dem Stall, um sie gemeinsam mit den Kühen der anderen Bauern und Kötner auf der Almende, einer Gemeinschaftsweide, den ganzen Tag über zu hüten.

Abends kamen sie wieder in den Stall und wurden mit einer Kette an den Stallbaum gebunden.

„Gibt es denn hier auch Bären?", wollte Hieronymus wissen, denn das war ja der Grund gewesen, weshalb seine Kühe auf der Alm nachts ebenfalls im Stall standen. „Nein!", lachten die beiden Mägde, „Bären gibt es hier nicht! Aber warum fragst du?"

„Weil ihr die Kühe nachts im Stall lasst", antwortete er, „bei uns auf der Alm haben wir sie auch nachts im Stall gelassen, damit sie nicht von einem Bären gerissen werden."

Den Mägden sah man das Entsetzen an: „Bären? Richtige Bären? Ist das nicht gefährlich? Die sollen doch auch Menschen angreifen und sie verletzen oder gar töten, haben wir gehört!"

„Na ja", antwortete Hieronymus, „wenn man ihnen zu nahe kommt, schon, deshalb geht man ihnen besser aus dem Weg. Aber nachts reißen sie die Kühe oder, wie bei uns auf der Nachbaralm, mehrere Ziegen. Aber nun sagt mir, warum stehen bei euch die Kühe nachts im Stall?"

Die Mägde lachten und amüsierten sich darüber, dass dieser neue Knecht so eine dumme Frage stellen konnte. Und dann seine komische Sprache, dieser Akzent! Oder hatten sie ihn gar falsch verstanden?

Dann antwortete die Großmagd, die ihr feuerrotes Haar zu einem Knoten gebunden hatte und mit ihren lustigen Sommersprossen und funkelnden Augen keinen Zweifel daran aufkommen ließ, wer hier das Sagen hat: „Es gibt zwei Gründe. Erstens: Wer soll nachts die Kühe hüten? Wenn niemand auf sie aufpasst, sind sie am anderen Morgen in Besendorf oder Kleinau oder was weiß ich, wo. Zweitens. Sie machen nachts das Gold der Heidebauern!"

Erwartungsvoll sah sie Hieronymus an, der mit fragender Miene dastand und nicht wusste, was er von dieser Aussage halten sollte.

Dann fuhr die Magd fort: „Ich sehe schon, du weißt nicht, was ich meine. Also, das Gold der Heidebauern ist der Mist, den die Kühe über Nacht produzieren und den du nun gleich auf den Misthaufen bringen wirst. Der Heideboden ist so karg, dass kaum etwas darauf wächst. Dort, wo er mit Mist gedüngt wird, wächst wenigstens ein klein wenig. Deshalb das Gold der Heidebauern!"

Das leuchtete Hieronymus ein.

„Wir holen das Heidekraut, um damit den Stall einzustreuen", fuhr die Magd fort, „dann kommt der Kot der Kühe dazu und alles kommt auf den Misthaufen. Dort verrottet es und im Frühjahr düngen wir damit den Acker. Du wirst diese Arbeit noch kennenlernen. Es ist eine schwere Arbeit, mit der Heidlinnen, einer Art Sense, die Heide abzuschlagen und zum Hof zu bringen. Warte nur ab!"

Hieronymus musste sich selbst eingestehen, dass das eine Arbeit war, die er nicht kannte. Was wohl noch alles neu auf ihn zukommen würde? Dann machte er sich daran, den Stall auszumisten und mit neuem Heidekraut einzustreuen. Anschließend begab er sich zum Flett, wo der verstorbene Bauer aufgebahrt war und wo etwas abseits an einem großen Tisch gemeinsam gefrühstückt wurde.

Auch der alte Knecht saß mit am Tisch. Er war abgemagert und sah krank aus. „Das ist Karl, unser Knecht", stellte die Bäuerin den Knecht vor. „Er ist krank, hat die Schwindsucht, wird wohl nicht mehr lange machen", fuhr sie unverblümt und ohne Rücksicht darauf, dass der Knecht mit am Tisch saß, fort. „Er kann nicht mehr arbeiten, aber er kann dir unsere Ländereien zeigen und dir sagen was zu tun ist, nicht Karl"? sagte sie mehr an den Knecht gewandt. Der nickte wortlos und löffelte die Milchsuppe ungerührt weiter.

„Gut, wenn es recht ist, lasst uns das gleich nach dem Frühstück machen, damit ich weiß, was ich zu tun habe", antwortete Hieronymus, und ebenfalls an den Knecht gewandt: „Übrigens, ich heiße Hieronymus und komme aus der Steiermark. Dass hier einiges anders gemacht wird als in meiner Heimat, habe ich schon heute Morgen erfahren. Ich denke, es ist gut, wenn du mir einmal alles zeigst, wo die Ländereien sind, wo die Wiesen sind, die zum Erlenhof gehören und mir erklärst, welche Arbeiten zu erledigen sind." Damit, dass er Hilfe erbeten hatte, hatte er den alten Mann auf seiner Seite.

Der zögerte auch nicht lange und antwortete dann: „Ist gut, mach dich fertig, ich ziehe mir eben noch die Stiefel an, dann gehen wir los!" „Gerade wollte ich sagen: Spann die Pferde an", fuhr er fort, „aber das geht ja nicht, die Pferde sind tot. Du musst sehen, dass du so schnell wie möglich ein neues Passgespann bekommst. Die Ernte steht vor der Tür und ohne Pferde geht gar nichts. Nun lass uns gehen. Zuerst zum Lerchenberg, ich will ein Gebet für meinen toten Bauern sprechen, dort, an der Stelle, wo er gestern gestorben ist!"

Dann gingen sie los, der Himmel war wolkenlos und strahlte in leuchtendem Blau, vom gestrigen Gewitter war nichts mehr zu spüren.

Zuerst führte sie der Weg über die hölzerne Seevebrücke, dann ein Stück den Schierhorner Weg entlang, dann nach links zum Lerchenberg. „Dies war der Lieblingsacker meines Bauern", erklärte der alte Karl, „von hier aus konnte er auf der einen Seite ins Bredbachtal schauen, auf der anderen Seite konnte er auf seinen Hof zwischen den alten Erlen blicken.

Im Frühjahr steigen hier die Lerchen zu Dutzenden in die Luft auf und tirilieren ihre Lieder, bis sie dann im Sturzflug wieder zur Erde sinken. Leider werde ich das wohl nicht mehr erleben, Meine Krankheit wird mich schon bald besiegen."

Karl sagte das mit etwas Wehmut in der Stimme, fuhr dann aber fort: „Wer weiß, vielleicht ist es ja dort, wohin ich gehen muss, noch viel, viel schöner, als wir uns das vorstellen können!"

Den Ort, an dem der Erlenhofbauer Lutge am Vortag vom Blitz getroffen wurde und sofort tot war, fanden sie auf Anhieb.

Hier war die frisch gepflügte Furche zu Ende und eine tiefe Schleifspur, die der umgekippte Pflug hinterlassen hatte, zog sich von hier quer über den Acker. Keiner der beiden sprach ein Wort. Beide nahmen ihre Mützen ab, falteten die Hände und jeder sprach ein leises Gebet.

„Komm, Hieronymus, lass uns gehen, mehr können wir für den toten Bauern im Moment nicht machen. Wir haben noch einen langen Weg vor uns, bis du alles gesehen hast, was du wissen musst. Es ist kein kleiner Hof und leider liegen die Grundstücke weit verteilt", meinte Karl, zog Hieronymus am Ärmel und drängte damit zum Weitergehen.

„Wir gehen jetzt zum Royberg", bestimmte Karl, „es ist das größte Stück Land, fast vierzehn Morgen groß. Der Roggen, der dort wächst, ist beinahe reif. Noch eine Woche und du kannst ihn mähen. Das schaffst du aber nicht alleine, dafür brauchst du ein paar Tagelöhner. Wenn du willst, horche ich mal rum, wer Zeit hat und dir helfen kann!"

Das Angebot kam Hieronymus gerade recht. Zwar hatte er beim Brand des Hauses vom Kötner Hagemann gestern viele Einwohner des Dorfes kennengelernt, wer sich aber von denen als Tagelöhner verdingte, wusste er nicht. So freute er sich, dass ihm der alte kranke Karl bei der Suche nach geeigneten Tagelöhnern helfen wollte. „Mach nur, Karl, wenn du zwei oder drei Leute finden würdest, wäre mir schon sehr geholfen! Dich kennen sie, dass der Bauer tot ist, wissen sie. Ich denke, du findest ein paar Leute", meinte Hieronymus nachdenklich.

Nach dem Royberg gingen sie zur Schierhornsköppel, wo der Buchweizen wuchs. Auch der hatte unter der Trockenheit gelitten, stand aber noch verhältnismäßig gut.

Weiter ging es zum Kornberg, auf dem ein Gemenge aus Roggen, Gerste und Hafer wuchs. Dann folgte der Ilksberg, hier stand wie auf dem Royberg Roggen, der aber noch nicht die nötige Reife hatte.

Als Letztes besuchten sie das Feld auf dem Langen Steegen und besahen sich den Flachs, den der Bauer hier eingesät hatte. Der Flachs stand gut. Dieser Acker lag etwas tiefer und hatte genügend Feuchtigkeit von unten. Das würde wohl das letzte Feld sein, das sie abernten mussten. Bis dahin war noch einige Wochen Zeit.

Langsam kam die Mittagszeit heran, deshalb gingen sie zurück zum Hof, wo die Mägde ein ordentliches Essen bereitet hatten. Es gab Dicke Bohnen mit Speck.

Der kranke Knecht hatte sich bei dem Rundgang doch ziemlich verausgabt. Er brauchte eine Ruhepause. Eine ausgiebige Mittagspause zu machen, war ohnehin üblich. Man richtete sich nach den Pferden. Die wurden mittags nach vier Stunden Arbeit ausgespannt, in den Stall geführt und dort gefüttert und getränkt. Anschließend bekamen sie noch etwas Zeit, um sich auszuruhen, bevor sie nachmittags nochmals vier Stunden arbeiten mussten. Während dieser Pause konnte sich auch der Knecht ein wenig ausruhen.

Am Nachmittag zeigte Karl Hieronymus noch die Wiesen an der Seeve. Die waren bereits vor einigen Wochen gemäht worden und das Heu abgefahren. Bis zum zweiten Schnitt war noch viel Zeit. Der erfolgte erst im „Altweibersommer", also im September.

Als die zwei am späten Nachmittag zurück auf den Hof kamen, staunte Hieronymus nicht schlecht. Etliche pferdebespannte Kutschen standen auf dem Hof. „Was ist das denn?", fragte Hieronymus den Knecht.

„Das sind Bauern aus den umliegenden Dörfern. Der Bauer vom Erlenhof war ein bekannter und beliebter Mann. Es hat sich wohl schnell herumgesprochen, dass er gestern tödlich verunglückt ist. Jetzt kommen sie und kondolieren seiner Frau. Das ist gut, da wird sie ein wenig abgelenkt und der Schmerz ist nicht mehr ganz so groß", antwortete Karl und Hieronymus wunderte sich über das Mitgefühl, das aus Karls Worten klang.

Als Hieronymus eintrat, wandten sich alle Blicke auf ihn. „Das ist mein neuer Knecht, Hieronymus heißt er, er kommt aus der Steiermark und wurde dort von seinem Erzherzog wegen seines Glaubens vertrieben", erklärte die Bäuerin, „ich bin froh, dass ich ihn habe. Was hätte ich allein machen sollen? Die Leute hier im Dorf haben ihn gestern beim Löschen des Hauses vom Kötner Hagemann kennengelernt und ihn zu mir geschickt. Sie sagen, er sei ein brauchbarer Mann!"

Nun schienen alle den Grund ihres Besuches vergessen zu haben. Es setzte eine heiße Diskussion darüber ein, warum man wegen seines Glaubens vertrieben werden könne.

Wieder erzählte Hieronymus seine ganze Geschichte und Fragen über Fragen überhäuften ihn. Es wurde immer lauter, ganz und gar nicht der Situation angemessen, denn eigentlich waren sie gekommen, um der Witwe tröstend zur Seite zu stehen. Die hatte aber zu allem Überfluss auch noch eine Karaffe mit Branntwein geholt, der auch bereitwillig getrunken wurde. Die Mägde hatten Brote bereitet, die nun gereicht wurden.

Hieronymus wurde es langsam peinlich. Er war plötzlich die Hauptperson und die ganze Angelegenheit fing an, eher ein Festabend zu werden als ein Kondolenzbesuch. Also bat er kurzerhand um Entschuldigung, verabschiedete sich höflich und begab sich in seine Kammer. Von dort hörte er noch länger lautstarke Diskussionen. Als sich der letzte Besucher verabschiedete, wurde es schon ein wenig dunkel.

„Du musst sehen, dass du so schnell wie möglich ein neues Passgespann bekommst. Ohne Pferde geht es nicht!" Dieser Satz, den der Knecht Karl ihm am Vortag gesagt hatte, war Hieronymus die ganze Nacht nicht aus dem Kopf gegangen. Wenn das Korn gemäht war, musste es abgefahren und der Acker gepflügt werden. Das ging alles nicht ohne Pferde. Er musste also zusehen, dass er so schnell wie möglich, am besten noch heute, ein paar neue Pferde bekam. Er sprach beim Frühstück die Bäuerin an: „Bäuerin, wir brauchen neue Pferde. So schnell wie möglich! Ohne Pferde geht hier gar nichts!"

Die Bäuerin nickte verständnisvoll, stand wortlos auf, ging in die Kammer und kam nach einer Weile mit einer Handvoll Geld zurück. „Hier", sagte sie, indem sie Hieronymus das Geld reichte, „es sind hundert Thaler, das wird reichen. Geh nach Harburg, gleich neben dem Schloss wohnt der Pferdehändler Pieper. Sage ihm, dass du vom Erlenhof aus Gerdesburg kommst und dann such dir ein paar schöne Pferde aus. Sie sollen dir gefallen, du musst damit arbeiten. Lass dich aber nicht übers Ohr hauen. Er wird es versuchen, aber sag ihm, er bekommt es mit mir zu tun, wenn er dir keinen ordentlichen Preis macht!"

Hieronymus zögerte keinen Augenblick. Er erkundigte sich nach dem Weg und wollte dann losgehen.

„Es ist ganz einfach, du folgst immer dem Postweg, er führt direkt nach Harburg bis zum Schloss. Es wird eine Weile dauern, bis du da bist, es sind knapp drei Meilen, aber wenn du flott gehst, schaffst du den Weg in vier Stunden."

Der Weg ließ sich bequem gehen, fast immer geradeaus und keine Berge. Hin und wieder ein kleiner Hügel, mehr nicht. „Was die hier Berge nennen", amüsierte sich Hieronymus im Stillen. Der Wilseder Berg sei gar nicht so weit entfernt und 169 Meter hoch, hatte man ihm voller Stolz nach dem Brand bei Hagemann erzählt. Er musste schmunzeln, dass man so einen kleinen Sandhaufen als Berg bezeichnete! Doch damit kamen wieder die Gedanken an seine Heimat, die Steiermark. Ob er sie jemals wiedersehen würde? Ob er jemals wieder auf einer Alm sein könnte? Ob er jemals seine geliebten Eltern wieder in die Arme schließen könnte?

Als er die letzte Anhöhe bei Hittfeld erreicht hatte, konnte er Harburg schon sehen. Nun war es nicht mehr weit. Nach fast genau vier Stunden Fußweg hatte er das Schloss, den Amtssitz des Herzogs Otto II. erreicht. Wie seine Bäuerin es ihm gesagt hatte, erkannte er sofort in der Nähe des Schlosses, das er schon aus der Ferne gesehen hatte, die Stallungen des Pferdehändlers Pieper.

Es waren nur ein paar Schritte, dann begrüßte Hieronymus den Pferdehändler, der gerade damit beschäftigt war, ein paar Pferde vor einen Wagen zu spannen: „Guten Tag, ich heiße Hieronymus und komme vom Erlenhof in Gerdesburg. Ich brauche zwei Pferde, ein Passgespann, Kaltblüter, nicht zu alt."

„Ich weiß, ich habe dich schon erwartet. Deinem Bauern sind die Pferde durchgegangen und gegen einen Baum gerannt. Sie sind beide tot, genau wie dein Bauer. Das hat mir gestern schon der Viehhändler berichtet, der zwei junge Kühe zum hiesigen Schlachter gebracht hat", antwortete der Pferdehändler zum Erstaunen von Hieronymus.

„So, ein Passgespann willst du? Nicht zu alt hast du gesagt? Hier hätte ich so ein Gespann. Zwei schöne Braune. Nicht zu alt, gerade sechs Jahre und sicher im Geschirr." Der Pferdehändler war vorausgegangen und zeigte nun auf zwei Braune, die gemeinsam in einer Bucht standen.

Hieronymus ging zu den Pferden, umrundete sie einmal mit prüfendem Blick, dann ergriff er ihren Kopf und schaute ihnen ins Maul. „Sag mal, wie viele Monate hat denn bei euch ein Jahr?" fragte Hieronymus an den Pferdehändler gewandt. Der antwortete erstaunt: „Warum fragst du?"

„Na ja, wenn hier in Harburg ein Jahr vierundzwanzig Monate hat, kann es hinkommen, dass die Pferde sechs Jahre alt sind, wenn das Jahr hier aber auch nur zwölf Monate hat, sind die Pferde mindestens zwölf Jahre alt und nicht sechs!", rechnete Hieronymus vor.

Der Pferdehändler war erstaunt, dass ein Mann mit einer so merkwürdigen Sprache auf Anhieb erkennen konnte, wie alt die Pferde sind. Damit hatte er nicht gerechnet. Dann fuhr Hieronymus fort: „Übrigens, ich soll dir von meiner Bäuerin ausrichten, wenn du mich übers Ohr hauen willst, bekommst du es mit ihr zu tun! Also zeig mir ein paar andere Pferde!"

Der Pferdehändler Pieper war gewarnt. Wenn er diesem jungen Mann ein paar Pferde andrehen würde, die nicht hundertprozentig in Ordnung waren, würde die Bäuerin vom Erlenhof ihm die Hölle heiß machen, das wusste er. Die Bäuerin war eigentlich eine ruhige und zurückhaltende Frau, wenn sie sich aber über den Tisch gezogen fühlte, konnte sie zu einer Furie werden. Das wollte Pieper nicht erleben.

Außerdem würde sie in Gerdesburg und darüber hinaus allen erzählen, dass sie beim Pferdekauf bei Pieper nicht ordentlich bedient worden sei und so mancher würde sich überlegen, ob er seine Pferde nicht bei einem anderen Händler kauft.

Mitleid hatte er auch mit der Frau. Erst der Mann tot, dann beide Pferde und jetzt auch noch einen Knecht mit einer so seltsamen Sprache!

„Also", beschloss er, „diesem Mann werde ich die besten Pferde mitgeben, die ich im Stall habe. Egal, ob ich daran etwas verdiene oder nicht!"

Er winkte Hieronymus zu sich, dann gingen sie gemeinsam die Stallgasse hinunter. Bei jedem Pferd machten sie Halt und Hieronymus sah sich jedes einzelne mit prüfendem Blick an. Bei den beiden letzten Pferden würde Hieronymus begeistert sein, das wusste Pieper, das waren mit Abstand die besten Pferde im Stall. Und richtig, als sie hinter diesen Pferden standen, begannen Hieronymus Augen zu leuchten. Zwei wunderschöne Rappen, groß, kräftig und gut gewachsen. Sie ähnelten sich wie ein Ei dem anderen, obwohl das eine ein Wallach, das andere eine Stute war.

„Na, Hieronymus, da staunst du, welch schöne Pferde wir hier in Harburg im Stall haben? Zwei schwere Kaltblüter, ruhig und zuverlässig, gesund und gut im Geschirr. Und jung sind sie auch, gerade mal achtundvierzig Monate, damit wir nicht in Jahren rechnen müssen", erklärte er lachend.

Hieronymus hatte längst angebissen, das wusste Pieper, aber um den Kauf abzurunden, rief er den Stallknecht zu sich, der sollte die Pferde noch einmal vorführen. Der tat, wie ihm geheißen, halfterte die Pferde auf und führte sie eines nach dem anderen auf den Hof. Hier ging er erst mit ihnen im Schritt, dann im Trab und Hieronymus beobachtete genauestens den Bewegungsablauf.

Dann begutachtete er die Pferde noch einmal aus der Nähe, schaute ihnen ins Maul, hob die Füße an und besah sich die Hufe. Dann betastete er alle Gelenke und ein letzter Blick ging in ihre Augen.

Soweit hatte Hieronymus nichts auszusetzen, alles war perfekt. Dann fragte er aber doch noch nach verdeckten Mängeln. „Keine Krippensetzer, kein Rotz, keine Dämpfigkeit oder sonst irgendwelche Macken?", fragte er Pieper, der verneinend den Kopf schüttelte. „Nichts dergleichen! Alles bestens und keine Mängel!"

„Gut, die beiden gefallen mir, wenn der Preis stimmt, würde ich sie nehmen. Wieviel willst du dafür?", begann Hieronymus das Kaufgespräch.

Pieper, der gespürt hatte, dass Hieronymus die Pferde unbedingt haben wollte, erkannte seine Chance und forderte: „Fünfzig Reichsthaler für jeden!"

Hieronymus fielen die Kinnladen herunter: „Bist du des Teufels? Willst du die Not der Erlenhofbäuerin ausnutzen und sie dermaßen über den Tisch ziehen? Ich gebe dir dreißig für jeden, und das auch nur, weil wir die Pferde dringend brauchen. Du kannst einschlagen, so einen guten Preis bietet dir so schnell kein Zweiter!", hielt Hieronymus dagegen und streckte dem Pferdehändler die offene Hand entgegen und wartete, dass dieser einschlagen sollte.

Pieper, sichtlich irritiert angesichts des niedrigen Preises, der ihm da geboten wurde, schlug mit den Worten „Achtundvierzig" in die Hand des Hieronymus und hielt dann seinerseits die Innenfläche seiner Hand nach oben, bereit, dass Hierony-mus das Gebot annehmen würde.

„Hast du schlechte Ohren? Ich habe gesagt dreißig und kei-nen Thaler mehr, sonst behalte deine Pferde und ich kaufe woan-ders", dann schlug er erneut in die Handfläche des Pferdehänd-lers, drehte seine Handfläche nach oben und wartete.

Pieper, der wohl geglaubt hatte, einen unerfahrenen Käufer vor sich zu haben, der ja noch nicht einmal ein richtiges Deutsch sprach, merkte wohl, dass er es mit seiner Forderung übertrie-ben hatte und schlug nun erneut in die Handfläche des Hiero-nymus: „Fünfundvierzig!"

„Na, siehst du, wir kommen uns schon näher, Zweiund-dreißig!"

So ging es noch lange Zeit hin und her, bis man sich auf den Preis von neununddreißig Thaler für jedes Pferd geeinigt hatte.

Pieper war den Tränen nahe. Das war genau der Preis, den er für die Pferde bezahlt hatte. Aber mit der Bäuerin vom Er-lenhof wollte er es sich nicht verscherzen. Immer wieder hat-te dieser Knecht, der aus der Steiermark kam, wie er ihm beim Handel gesagt hatte, damit gedroht, die Bäuerin zu holen, da-mit die die weitere Kaufverhandlung führt!

Nun konnte er nur hoffen, dass dieser Hieronymus den Bau-ern in Gerdesburg erzählt, wie gut und zuverlässig der Pferde-händler Pieper aus Harburg sei. Irgendwie würde er das Geld schon wieder reinbekommen, da war er sich sicher.

Hieronymus war zufrieden. Jetzt hatte er so ein Gespann, wie er es sich schon immer gewünscht hatte. Die anderen Bau-ern würden ihn beneiden. Und ja, er würde Pieper empfehlen, würde den Bauern aber auch sagen, dass man mit ihm hart ver-handeln müsse!

Hieronymus schwang sich auf den Wallach, nahm die Stu-te am Halfter und ritt froh gestimmt zurück nach Gerdesburg.

Am nächsten Tag sollte die Beerdigung sein. Drei Tage und Nächte hatte man den Leichnam im Flett des Hauses aufge-bahrt. Drei Tage, genau so lange, wie Jesus tot war, bis er auf-erstanden war. So war es hier Sitte.

Schon gegen Mittag trafen die ersten Trauergäste ein, obwohl der Trauergottesdienst erst am Nachmittag um zwei Uhr beginnen sollte. Verwandte und Bauern aus der Umgebung, die mit ihren mit Pferden bespannten Kutschen teilweise einen weiten Weg zurückgelegt hatten. Ab ein Uhr begann sich das Haus langsam zu füllen. Immer mehr Kutschen standen auf dem Hof, die Pferde hatte man unter die großen Bäume geführt, um sie vor der Sonne und der Mittagshitze zu schützen.

Bald kamen auch die ersten Dorfbewohner, aus jedem Haus mindestens einer, die Bauern alle in Begleitung ihrer Frau, auch Knechte und Mägde waren mitgekommen. Die Bauern trugen die übliche Tracht und Zylinder, die Mägde und Knechte eine schwarze Trauerkleidung.

Hieronymus hatte seine neuen Pferde vor den Leichenwagen gespannt und wartete ein paar Schritte entfernt vor der Totentür des großen Bauernhauses.

Der Erlenhofbauer war ein bekannter und beliebter Mann gewesen. Das merkte man jetzt an der Zahl der anwesenden Personen. Der Strom der ankommenden Trauergäste wollte kein Ende nehmen. Längst war der Flett mit Trauergästen gefüllt, die sich dicht aneinander drängten. Als im Haus kein Platz mehr frei war, wurde die Tür aufgestellt und wer nun noch kam, musste draußen verharren.

Pünktlich um zwei begann der Pastor mit dem Trauergottesdienst. Neben Lesungen aus der Bibel berichtete er auch aus dem Leben des Verstorbenen. Zwischendurch wurden immer wieder Choräle gesungen und Gebete gesprochen. Dann bat der Pastor die Anwesenden, den Verstorbenen auf seinem letzten Weg zum Acker Gottes zu begleiten.

Die Sargträger gingen ins Haus, löschten die Kerzen und trugen den Sarg durch die Totentür zum Wagen, vor den Hieronymus seine wunderschönen Rappen, die er gestern erst erworben hatte, gespannt hatte.

Aus der Ferne erklang die Totenglocke, die nun schon seit mehr als vierhundert Jahren im Glockenturm von Gerdesburg hing. Im Jahre 1190 war sie gegossen worden und hatte auch

Lutge Steinke durch sein ganzes Leben geführt. Sie hatte ihn als neuen Erdenbürger begrüßt und sich mit seinen Eltern über seine Taufe gefreut. Sie hatte ihn bei seiner Hochzeit zum Traualtar begleitet, wo er seiner Frau das Jawort gegeben hatte. Sie läutete an jedem Sonnabend pünktlich um 18.00 Uhr den Sonntag ein. Täglich forderte sie morgens und abends mit neun Schlägen zum Gebet auf. Jeden Sonntag bat sie die Gemeinde zum Gottesdienst. Mit ihrem stürmischen Läuten rief sie zur Hilfe auf, wenn es im Ort ein Schadensfeuer gab. Heute nun begleitete sie Lutge Steinke, den Bauern vom Erlenhof, klagend auf seinem letzten Weg.

Hieronymus lenkte die Pferde in ruhigem Schritt zum Friedhof neben der Kirche. Die Trauergäste folgten schweigend. Am Friedhofstor stoppte Hieronymus. Die Träger hoben den Sarg vom Wagen. Unter der großen Linde auf dem Kirchenvorplatz wurde er abgestellt, dann sangen die Kinder, die beim Pastor in Katechismuslehre, Beten und Singen unterrichtet wurden, einen Choral, den sie vorher eingeübt hatten.

Anschließend wurde der Sarg zur Grabstelle getragen, die Trauergäste, allen voran die Witwe und deren Tochter, folgten zunächst auf dem Weg, dann verteilten sie sich rund ums Grab. Nun ließen die Träger den Sarg in die Gruft sinken, während von der alten Linde her ein weiterer Choral herüberklang.

Der Pastor spendete den letzten Segen, dann wurde noch gemeinsam ein Vaterunser gebetet, bis die Träger die Schaufeln ergriffen und vor den Augen der Anwesenden das Grab zuschaufelten.

Als auch das erledigt war, stellte sich die Frau des verstorbenen Erlenhofbauern mit ihrer Tochter an das Grab und alle Anwesenden kamen nacheinander zu ihnen, gaben ihnen die Hand und sprachen ein paar tröstende Worte.

Hieronymus hatte inzwischen den Leichenwagen wieder zum Stellmacher gebracht, wo er bis zur nächsten Beerdigung untergestellt wurde, dann hatte er seine Pferde zum Hof und in den Stall gelassen.

Die Mägde hatten in der Zwischenzeit alle Fenster des großen Bauernhauses geöffnet und kräftig gelüftet, dann den Flett gefegt und mit frischem, weißen Sand bestreut. Nun waren sie dabei, Brote zu streichen und die Suppe aufzuwärmen, die man schon am frühen Morgen gekocht hatte.

Nach der Beerdigung erwartete man die Trauergäste zu einem ordentlichen Leichenschmaus. Die Gäste, die von weither gekommen waren, verspürten inzwischen Hunger und mussten versorgt werden. Die Trauergäste aus dem Dorf freuten sich auf das frische Bier und den Branntwein, der nun ebenfalls reichlich ausgeschenkt wurde.

Hieronymus hatte noch eben die Pferde versorgt, dann begab auch er sich zum Flett. Im Haus war es voll, viele Gäste standen draußen, unterhielten sich und tauschten Neuigkeiten aus.

Alle unterhielten sich in ihrer Heimatsprache, dem Plattdeutschen. Hieronymus verstand kein Wort. Lediglich der Bauer vom Meyerhof stand etwas abseits und unterhielt sich mit dem Pastor in der neuen Luthersprache.

Auch der Pferdehändler Pieper aus Harburg war zur Beerdigung gekommen. Er sprach lebhaft auf die Bäuerin ein. „Ob er wohl gerade die Pferde lobt, die er ihr gestern verkauft hat?", ging es Hieronymus durch den Kopf, „dass er mir zuerst viel zu viel Geld abverlangt hat, wird er ihr wohl nicht berichten." Hieronymus schmunzelte und wusste, dass er gestern ein gutes Geschäft für die Bäuerin abgeschlossen hatte. Seine Hartnäckigkeit hatte sich ausgezahlt. Den Kaufpreis von neununddreißig Thaler für jedes Pferd waren diese herrlichen Rappen allemal wert.

Im Haus saß die Verwandtschaft zusammen. Onkel, Tanten, Geschwister, Cousins und Cousinen. Es wurde viel geredet und jeder musste erzählen, was er in der letzten Zeit alles erlebt hatte. Schließlich sah man sich nicht alle Tage. Da waren Beerdigungen ein willkommener Anlass, die Großfamilie einmal wieder zu treffen.

Hieronymus trat ein und blieb einen Augenblick im Türrahmen stehen. Dann sah er sie, Margarete. Sie stand bei ihren Cousinen und unterhielt sich mit denen lebhaft. Wunderschön sah sie aus. Ihr blondes Haar hatte sie zu Zöpfen gebunden und dann zu einem Kranz um den Kopf gelegt. Das lange, schwarze Kleid, bis oben geschlossen, stand ihr hervorragend. Die silbernen Zierknöpfe und die silberne Brosche rundeten das Bild ab. Einfach hinreißend.

Wie hatte sie ihm in den letzten Tagen leidgetan. Sie hatte immer nur geweint. „Woher nahm dieses Mädchen nur die vielen Tränen? Was für ein sanftmütiger Mensch musste sie sein? Welch eine tiefe Trauer musste sie empfinden?"

Zu gerne hätte er sie getröstet. Aber wie sollte er das machen? Wäre sie ein paar Jahre jünger gewesen, hätte er sie zu sich auf den Schoß genommen und ihr ein paar Geschichten über kleine Prinzessinnen und Prinzen erzählt, vielleicht auch über Kühe, Almen und die hohen Berge in seiner Heimat, der Steiermark. Wäre sie ein paar Jahre älter gewesen, hätte er sie fest in seine Arme geschlossen und ihr ein paar tröstende Worte ins Ohr geflüstert.

Wie aber sollte er ein sechzehnjähriges Mädchen trösten? Er wusste es nicht. Also konnte er nur zusehen und im Stillen mit ihr leiden und ihren Schmerz teilen.

Er sah sie lange und gedankenversunken an. Jetzt blickte auch sie auf und sah zu ihm herüber. Für einen kurzen Moment trafen sich ihre Blicke und ein leichtes, freundliches Lächeln huschte über ihr Gesicht.

Es war das erste Mal, dass er sie lächeln sah ...

Drittes Kapitel

Hieronymus saß auf seinem Lieblingsplatz, der Futterkiste bei den beiden Pferden, zwei schweren Rappen, die er erst vor wenigen Tagen im Auftrag seiner Bäuerin gekauft hatte.

Heute wollte Hieronymus mit der Ernte des Roggens auf dem Royberg beginnen. Es war erst halb sieben und so war noch Zeit, sich ein wenig auszuruhen und auf die Tagelöhner zu warten, die ihm bei der Ernte helfen sollten. Er vertraute dem alten kranken Knecht Karl, der versprochen hatte, sich um ein paar Tagelöhner zu bemühen. Immerhin war dieses Stück Land vierzehn Morgen groß und da brauchte man schon etwas Hilfe. Allein wäre die Ernte nicht einmal in einer Woche zu schaffen, selbst wenn man jeden Tag von morgens bis abends mähen würde.

Etwas Zeit war noch, um sieben sollte es losgehen, dann wäre das Getreide wohl so weit abgetrocknet, dass man mit dem Mähen beginnen könne. Am Vormittag könnte man dann bis elf Uhr mähen, eine ausgiebige Mittagspause einlegen und dann bis in den Abend weitermähen. „Wenn es Karl gelungen war, zwei Tagelöhner, vielleicht auch drei, zu besorgen, wäre am Abend schon ein ganz schönes Stück gemäht", überlegte sich Hieronymus und dachte dabei an den kranken Knecht Karl, der nun wirklich keine Sense mehr schwingen konnte.

Hieronymus dachte zurück an die vergangene Woche, als er mit Karl einen gemeinsamen Rundgang über die Felder gemacht und Karl ihm viel über sich, über den Erlenhof und die Gerdesburger Bauern erzählt hatte.

„Karl, warum bist du eigentlich nicht verheiratet?", hatte Hieronymus ihn gefragt. Karl war stehen geblieben und dachte einen Moment nach, dann sagte er: „Ach, weißt du, Hieronymus, das ist eigentlich ganz einfach. Alle Frauen, die ich mochte und gerne haben wollte, wollten mich nicht! Alle Frauen, die mich wollten, wollte ich nicht!"

Er schmunzelte, war offensichtlich gar nicht traurig darüber, dass er keine Frau bekommen hatte, dann fuhr er fort: „Es hat auch seine Vorteile, wenn man nicht verheiratet ist. Meine Krankheit wird mich schon bald besiegen und schon in wenigen Wochen wird mein Leben zu Ende gehen. Ich brauche mir keine Sorgen darüber zu machen, was einmal aus meiner Frau wird."

Im Weitergehen sagte er: „Ich habe mir niemals Gedanken darüber machen müssen, was einmal aus meinen Kindern werden würde, ob sie gesund wären oder ob sie eine Arbeit finden. Ganz zu schweigen davon, dass ich mir keine Sorgen darüber machen musste, ob sie in den Krieg ziehen und ob sie davon überhaupt jemals zurückkehren. Siehst du, es hat durchaus auch Vorteile, wenn man nicht verheiratet ist!"

Hieronymus wurde nachdenklich, ganz Unrecht hatte der Mann ja nicht, aber wenn er an Margarete, die Tochter des Erlenhofbauern dachte, wünschte er sich schon, diese einmal zur Frau zu haben. Wie konnte es angehen, dass man auf den ersten Blick so eine Zuneigung zu einem Menschen empfinden konnte? „Aber Margarete ist fast noch ein Kind", dachte er sich und wischte die Gedanken schnell zur Seite.

Etwas mehr aber wollte er schon erfahren über Margarete, über die Bäuerin und über den toten Erlenhofbauern. „Erzähl mir etwas über den Erlenhof", forderte er Karl auf, der dann auch bereitwillig anfing zu erzählen.

„Also, der Lutge Steinke war ein ehrbarer Mann", begann er, „er bewirtschaftete den Hof erfolgreich und hatte meistens gute Ernten. Die Mägde und Knechte behandelte er respektvoll und zeigte immer Verständnis für deren Sorgen und Nöte. Mit seiner Frau ging er liebevoll um. Auf der Bauernbank hörte man ihm immer gut zu und folgte gerne seinem Rat. In der Kirche war er über viele Jahre Kirchenjurat.

Du hast ja die Beerdigung miterlebt und gesehen, wie viele Leute, auch aus den umliegenden Dörfern, ihm das letzte Geleit gegeben haben. Es wären bestimmt nicht so viele Trauergäste gekommen, wenn Lutge nicht ein so angesehener Mann gewesen wäre. Warum Gott ihn so früh zu sich gerufen hat, ist mir ein Rätsel."

Karl machte eine Pause. Gehen und reden zur gleichen Zeit fiel ihm schwer, seine Schwindsucht machte ihm zu schaffen. Also blieb er stehen und fuhr fort:

„Die Bäuerin ist eine liebenswerte Frau. Sie ist bescheiden, freundlich und hilfsbereit. Nur, wenn es ums Geld geht, dann kann sie auch anders. Sie hält das Geld zusammen. Wenn jemand kommt, der etwas kaufen will, versucht sie, den Preis nach oben zu treiben. Wenn der Müller für sie das Korn mahlt, macht sie es umgekehrt, da passt sie genau auf, dass der Müller nicht zu viel Bollmehl für sich behält und über den Mahllohn kann sie lange streiten", lachte Karl.

„Margarete ist ja fast noch ein Kind. Schlimm, dass sie ihren Vater so früh verloren hat! Sie hat ihn so sehr geliebt. Er hat ihr jeden Wunsch von den Augen abgelesen und sie sehr verwöhnt. Du hast ja selbst gesehen, wie sehr sie um ihn geweint hat. Es wird ihr schwerfallen, ohne ihn auszukommen. Aber sie hat ja die Bäuerin, die ihr zur Seite steht. Und wer weiß, vielleicht heiratet die Bäuerin ja schon bald einen anderen. Allein kann sie den Hof nicht führen. Sie braucht einen Interimswirt. Margarete ist zum Heiraten noch zu jung, ein paar Jahre wird es noch dauern.

Aber warte mal ab, in zwei Jahren stehen hier die Heiratskandidaten Schlange. Die Bäuerin wird schon dafür sorgen, dass Margarete den Richtigen bekommt. Hauptsache, er bringt genügend Geld mit!"

Hieronymus saß noch immer gedankenversunken auf der Futterkiste. Die letzten Sätze wollten ihm nicht aus dem Kopf gehen. „Sollte es wirklich so viele Bewerber um Margarete geben? Würde tatsächlich die Bäuerin entscheiden, wen Margarete heiraten sollte? Ging es da wirklich um Geld, wenn die Entscheidung fiel? Oder hatte Margarte doch noch ein Wörtchen mitzureden?"

Dann wurde er aber abrupt aus seinen Überlegungen gerissen, als Karl die Hoftür öffnete und sagte: „So, Hieronymus, es geht los! Die Mäher stehen vor der Tür und warten darauf, dass sie mit dem Mähen beginnen können. Jeder hat noch eine weitere Person mitgebracht, die das Korn aufnimmt. Komm, sieh dir die Leute an!"

Hieronymus, der damit gerechnet hatte, dass Karl zwei oder drei Tagelöhner gefunden hatte, trat auf den Hof und blieb wie angewurzelt stehen. Er begann zu zählen. Vierzehn Männer standen dort, jeder mit einer Sense in der Hand.

Vierzehn Frauen standen ebenfalls in einer Gruppe auf dem Hof. Alle in langen weißen Röcken und mit einem langärmeligen Hemd bekleidet, eine weiße Haube als Kopfbedeckung.

Ein paar Jungen tollten herum und spielten Kriegen.

Hieronymus war sprachlos und wusste die Situation im ersten Moment noch nicht so richtig einzuschätzen, bis der Bauer vom Meyerhof das Wort ergriff: „Guten Morgen Hieronymus, wir haben dir unser Wort gegeben, dir zu helfen. Hier sind wir! Wir sind nicht allein gekommen, wer konnte, hat noch seinen Knecht mitgebracht. Die Mägde werden das gemähte Getreide aufnehmen. Die Jungs werden es aufstellen und am Abend sieht dein Royberg schon ganz anders aus. Und nun kommt, lasst uns gehen, sonst wird es Feierabend, bevor wir angefangen haben!"

Hieronymus konnte es nicht glauben. Da waren tatsächlich alle Bauern gekommen, hatten teilweise ihre Knechte und Mägde mitgebracht und würden ihm helfen. Dabei hatte man ihm früher ganz andere Geschichten über die Norddeutschen erzählt. Unnahbar sollten sie sein. Es sollte sehr schwer sein, mit ihnen ins Gespräch zu kommen oder gar eine Freundschaft aufzubauen. Und nun so etwas. Genau das Gegenteil! Wie falsch doch oftmals Vorurteile sind!

Es war nicht weit bis zum Royberg. Der Weg war in wenigen Minuten zurückgelegt und schon begann das Mähen. Jeder wusste, was er zu tun hat. Die Mäher schnitten in gleichmäßigen Zügen das Korn, die Mägde nahmen es Schnitt für Schnitt auf, bis der Arm voll war, dann zogen sie ein paar Halme heraus, wickelten sie um das Bündel und verknoteten sie, indem sie das Ende aufdrehten und dann unter die Schlaufe steckten.

Die fertige Garbe wurde zurückgeworfen, dann erneut gemähtes Getreide aufgenommen und ebenfalls wieder zu einer Garbe gebunden.

Die Jungs begannen währenddessen, die fertigen Garben einzusammeln, jeweils eine links und eine rechts unter den Arm geklemmt, und dann zu Stiegen zusammenzustellen. Immer zwanzig Garben gehörten in eine Stiege, keine mehr, keine weniger.

Gesprochen wurde nicht. Die Arbeit war schwer und verlangte Konzentration. Alle Augenblicke musste einer der Mäher Halt machen und seine Sense nachschärfen. Einen Wetzstein hatte jeder im Stiefelschaft stecken und so erklang alle Augenblicke von irgendwoher ein lautes „ritsch ratsch". Die aufnehmende Magd konnte die Zeit nutzen und für ein paar Minuten den Rücken gerade machen. Dann ging es weiter.

Bis zum Mittag war mehr als die Hälfte des Roggens auf dem Royberg gemäht und die fertigen Garben zu Stiegen aufgestellt.

Man verständigte sich kurz darüber, wie lange die Mittagszeit dauern sollte, es war jetzt elf Uhr. Alle waren sich einig, zwei Stunden Mittagspause würden reichen, also sollte es um ein Uhr weitergehen.

Jeder nahm seine Sense auf die Schulter und alle gingen wortlos nach Hause. Auch Hieronymus machte sich gemeinsam mit der Magd, die für ihn zum Aufnehmen des Getreides mitgekommen war, auf den Weg zum Erlenhof. Dort wartete bereits die Bäuerin mit dem Mittagessen.

Die Bäuerin hatte von der Hilfsaktion der Dorfgemeinschaft nichts mitbekommen. Auch Karl hatte ihr nichts verraten, als sie ihn gefragt hatte, wie viele Tagelöhner er denn aufgetrieben habe, antwortete er: „Tagelöhner? Ach ja, richtige Tagelöhner? Nee, eigentlich gar keinen. Na ja, aber ich glaube, irgendwer hilft ihm. Oder so. – Glaube ich. – Weiß ich auch nicht so genau!"

Die Bäuerin, die Karls Gestammel seiner Krankheit zuschrieb, hatte dann nicht weiter nachgefragt.

„Na, Hieronymus, wie sieht es aus?", empfing sie ihn mit strahlendem Gesicht, „hat Karl dir ein paar Tagelöhner besorgt? Wie weit seid ihr denn mit dem Mähen gekommen?"

„Tagelöhner? Nein, Tagelöhner hat Karl keine besorgt, aber mit dem Mähen sind wir gut vorangekommen. Mehr als die Hälfte haben wir schon geschafft!", antwortete Hieronymus, gedankenabwesend.

„Ja, seid ihr denn alle betrunken oder habt ihr einen Sonnenstich?" entfuhr es nun der Bäuerin: „Karl hat vorhin schon so ein wirres Zeug gestammelt und nun kommst du auch noch und erzählst so einen Unsinn! Oder wollt ihr mich auf den Arm nehmen? Aber wehe euch! Da weiß ich mich aber zu wehren! Also raus mit der Sprache! Was ist los?"

Während Karl grinsend am Tisch saß, den Kopf in die Hände gestützt, begann Hieronymus zu erzählen: „Also, bevor ich mich bereit erklärt habe, hier die Stelle als Knecht anzutreten, haben mir die Bauern des Dorfes versprochen, mir zu helfen. Schließlich kann ich die ganze Arbeit nicht allein bewältigen. Heute haben sie ihr Versprechen wahr gemacht. Mit vierzehn Mähern und genau so vielen Frauen zum Aufnehmen sind sie gekommen, außerdem noch ein paar Jungen zum Aufstellen der Garben. Jetzt sind sie zur Mittagspause nach Haus gegangen, um ein Uhr geht es weiter und heute Abend ist der Roggen auf dem Royberg geerntet."

Ungläubig fragte die Bäuerin: „Die Bauern haben dir versprochen, dir zu helfen? Warum? Die kennen dich doch gar nicht. Du bist doch gerade erst in Gerdesburg angekommen. Aber warum wollen sie dir helfen? Ich verstehe es nicht!"

„Ich habe beim Löschen des Hauses von Hagemann geholfen, ohne dass mich jemand darum gebeten hätte. Das war für mich selbstverständlich. Alle Anwesenden haben sich darüber gewundert, dass ein Fremder mit anpackt, ohne zu fragen. Das hat ihnen gefallen.

Als sie dann auch noch die Nachricht vom tödlichen Unfall deines Mannes erhielten und jeder wusste, dass du es allein nicht schaffen könntest, die Arbeit zu erledigen, habe ich mich bereit erklärt, hier als Knecht zu arbeiten. Ich habe aber zur Bedingung gemacht, dass man mir hilft, wenn es erforderlich wird. Alle waren erleichtert darüber, dass eine Lösung gefunden war, und sagten mir spontan ihre Hilfe zu. So einfach ist das.

Deshalb konnte Karl auch keinen Tagelöhner auftreiben, weil alle ihr Versprechen halten und zeigen wollten, dass Dorfgemeinschaft nicht ein leeres Wort ist. Du kannst stolz sein, dass du in einem Dorf wohnst, wo einer noch für den anderen einsteht.

Ach ja, und auf deinen verstorbenen Mann kannst du ganz besonders stolz sein. Wenn er nicht so ein aufrichtiger, ehrlicher und fleißiger Mann gewesen wäre, wer weiß, ob die Hilfe dann auch so spontan und so großzügig erfolgt wäre!"

Die Bäuerin wandte sich zum Fenster. Tränen der Rührung standen ihr in den Augen. So viel Hilfe hatte sie nicht erwartet. Und dass dieser Hieronymus nicht gekommen war, weil er Arbeit suchte, sondern um ihr zu helfen, erkannte sie erst jetzt. Er gefiel ihr vom ersten Augenblick an. Er strahlte so eine Ruhe und Zuversicht aus! Sie spürte vom ersten Moment an: Alles wird gut!

Nach dem Mittagessen ging Hieronymus wieder zu seinem Lieblingsplatz, der Futterkiste neben seinen neuen Freunden, den beiden Rappen. Dort setzte er sich auf die Kiste und sprach mit den Pferden. Mit ihnen konnte er am besten reden.

Ihnen konnte er alles erzählen, sie widersprachen nicht, plauderten nichts aus und freuten sich, wenn er ihnen das Fell putzte oder den Hals tätschelte.

Nach einer Weile stand er auf, nahm seine Sense und begab sich damit auf den Hof, wo er auf einem kleinen Amboss die Schneide der Sense noch einmal ausgiebig dengelte, bis sie hauchdünn war. Mit dem Daumennagel musste man die Schneide biegen können, dann war die Sense mit wenigen Strichen mit dem Wetzstein wieder scharf, das wusste er. Nichts war unangenehmer als eine stumpfe Sense!

Bald darauf machte er sich auf den Weg zum Royberg. Er wollte rechtzeitig dort sein. Pünktlich um ein Uhr waren alle wieder auf dem Feld beim Mähen. Die Mittagssonne schien noch recht warm vom Himmel, trotzdem ging die Arbeit zügig voran. So mancher Schweißtropfen lief den Rücken hinunter und im Stillen hoffte jeder auf einen luftigen Windstoß, der wenigstens etwas Abkühlung bringen würde.

Weil man das Feld immer rundherum gemäht hatte, wurde jede Runde kürzer, was dazu beitrug, dass man der Mitte des Feldes und damit dem Ende der Arbeit immer schneller näherkam. Ein angenehmes Gefühl!

Am Spätnachmittag war es dann so weit, der letzte Halm fiel zu Boden! Schnell halfen noch alle, die letzten Garben zu Stiegen aufzustellen, die Kinder waren nicht mehr so schnell nachgekommen, dann war Feierabend!

„So, Hieronymus, so schnell ist das Getreide auf dem Royberg noch niemals gefallen", freute sich der Bauer vom Meyerhof: „Nun kannst du zum Amtsvogt gehen und ihn bitten, die Stiegen zu zählen, damit er weiß, wie groß der Zehnte für den Herzog ist. Er wird sich freuen, es ist eine gute Ernte!"

Hieronymus bedankte sich für die Hilfe und versprach, gleich am nächsten Morgen zum Amtsvogt zu gehen. Dann erklärte er: „Also, die Bäuerin war sehr angetan von eurer Hilfe. Sie hatte gar nicht damit gerechnet. Als Dank lädt sie euch auf ein Abendessen ein. Das Fass Bier von der Beerdigung ist auch nicht leer geworden und einen kräftigen Schluck Branntwein soll es auch noch geben. Also, geht nicht nach Hause, sondern kommt alle mit zum Erlenhof!"

Die Männer nahmen das Angebot freudig an, schickten aber die Mägde nach Hause, weil die dort ja angeblich erwartet würden und noch reichlich Arbeit auf sie wartete. Das war Hieronymus etwas peinlich, aber so war das nun einmal, das musste er so hinnehmen.

Die Bäuerin hatte sich nicht lumpen lassen. Sie hatte den Tisch gut gedeckt und reichlich aufgefahren. Es gab neben frischem Brot, Schinken, Mettwurst und geräucherten Speck auch Quark, guten Käse, frische Butter und Honig. Für jeden das, was er gerne essen mochte. Alle langten kräftig zu, schließlich war man von der harten Arbeit hungrig geworden.

Dazu gab es das übriggebliebene Bier von der Beerdigung und reichlich Branntwein.

Mit jedem Krug Bier und jedem Glas Branntwein wurde es lauter. Man fing an, Geschichten zu erzählen, die eigentlich jeder kannte, die aber doch immer wieder gern gehört wurden.

So wusste einer über den Bauern Lühr zu berichten, dass der beim Kornmähen immer einen Krug mit Branntwein an einer Ecke des Feldes stehen hatte. Bei jeder Runde nahm er einen Schluck aus dem Krug. Hatte er getrunken, begann er langsam zu mähen. Wenn er dem Krug wieder näher kam, wurde er immer schneller. Zum Schluss soll er immer sehr betrunken gewesen sein.

Ein anderer erzählte, dass Bauer Goedeke seine Pferde so angelernt hatte, dass sie bei „Hüh" stehenblieben und bei „Brr" losgingen. Also genau umgekehrt, wie es eigentlich üblich war. Einmal hatte Bauer Goedeke den Auftrag, den Pastor aus Ramelsloh mit der Kutsche nach Gerdesburg zu holen. Als sie mitten in der Furt, die durch die Seeve führte, angelangt waren, rief Bauer Goedeke: „Hüh." Die Pferde blieben stehen. Er konnte „Hüh" rufen, sooft er wollte, die Pferde gingen einfach nicht weiter. Also blieb dem Pastor nichts anderes übrig, als mitten in der Seeve auszusteigen und den Rest des Weges bis zur Kirche zu Fuß zurückzulegen.

Bauer Bokelmann begann zu erzählen, dass er einmal beim Pferdehändler Pieper ein Pferd kaufen wollte. Doch dann stellte er fest, dass das Pferd auf einem Auge blind war.

Als er den Pferdehändler darauf ansprach, hatte dieser geantwortet: „Das macht doch nichts, was er auf dem Hinweg nicht sieht, sieht er auf dem Rückweg!"

So wurden an diesem Abend noch viele Geschichten erzählt. Es kam nicht so genau darauf an, ob immer alles den Tatsachen entsprach. Man hatte diese Geschichten ohnehin schon des Öfteren gehört. Sie wurden immer wieder erzählt. So wurde es ein langer Abend und dem toten Bauern Lutge Steinke hätte es gefallen, da war man sich einig.

Hieronymus bat Karl noch, ihn am nächsten Morgen zum Haus des Amtsvogts zu begleiten. Er kenne weder das Haus noch den Amtsvogt, da sei es besser, wenn Karl dabei wäre. Karl nickte zustimmend.

Am nächsten Morgen machten sich Hieronymus und Karl gleich nach dem Frühstück auf den Weg zum Amtsvogt. Der bewohnte ein großes Kreuzhaus gleich hinter dem Dorfbrunnen. Ein eindrucksvoller Bau, der erst vor wenigen Jahren, nämlich 1589 erbaut worden war. Es war im Gegensatz zu den Fachwerkhäusern der Bauern massiv aus Stein gebaut. Den Eingangsbereich verzierten zwei gewaltige Säulen, das Dach war weit heruntergezogen und ließ den Bau noch mächtiger erscheinen. Vor dem Haus hatte man einen prächtigen Garten angelegt, die Zufahrt war gepflastert und links und rechts mit Lindenbäumen bepflanzt. Haus und Garten des Amtsvogts bildeten den Mittelpunkt des Ortes und ließen keinen Zweifel aufkommen, wer hier das Sagen hatte. Der Amtsvogt solle ein eingebildeter, unangenehmer und habgieriger Mann sein, hatte Karl ihm erzählt. „Mal sehen, was da auf uns zukommt", dachte Hieronymus.

Hieronymus klopfte und trat dann ein. Der Amtsvogt stand an seinem Schreibpult und begrüßte Hieronymus recht freundlich: „Guten Morgen, junger Mann, treten Sie ein! Sie müssen der neue Knecht vom Erlenhof sein! Sie kommen aus der Steiermark? Ich hab von Ihnen gehört. Sie sollen ja kräftig beim Löschen des Hauses vom Hagemann geholfen haben. Anerkennung! Alle Achtung! Was führt Sie zu mir?"

Hieronymus, sichtlich überrascht von der Wortgewandtheit des Amtsvogts und darüber, dass dieser ihn so freundlich empfangen hatte, kam gleich zur Sache: „Wir haben gestern das Feld mit dem Roggen auf dem Royberg gemäht. Es ist fertig. Alles steht in Stiegen, Sie können kommen und die Stiegen zählen, damit wir Einigkeit darüber haben, wie viele Garben wir als Zehnten abzuliefern haben."

„Ha, ha, so, so, den Royberg haben Sie abgeerntet, an einem Tag, ha, ha", er schlug sich lachend auf die Knie, dann weiter: „Ha, ha, in der Steiermark kann man wohl vierzehn Morgen an einem Tag mähen, da wächst ja auch nichts! Ha, ha, aber hier in Gerdesburg ist das anders. Nein, nein, mein Lieber, ich bin da vorgestern noch vorbeigekommen, da stand noch alles auf dem Halm. Nun erzählen Sie mal, wo haben Sie den Roggen gemäht?"

Hieronymus antwortete ruhig: „Auf dem Royberg, das Feld vom Erlenhof, vierzehn Morgen groß. Die Ernte ist gut, alles ist gemäht und steht in Stiegen. Ich habe es nicht alleine gemäht. Das ganze Dorf hat geholfen. Ihr Herzog kann stolz darauf sein, dass er solche Bauern in seinem Herzogtum hat. Und nun lassen Sie uns bitte hingehen und die Stiegen zählen!"

Dem Amtsvogt blieb der Mund offen. „Alle Bauern haben geholfen?", fragte er verblüfft, „wie ist das denn möglich?" Dann fuhr er fort: „und jetzt wollen wir die Stiegen zählen? Nein, das mache ich alleine."

„Nein, das machen wir zusammen", entgegnete Hieronymus ruhig, aber konsequent: „Wir können das jetzt gleich machen oder Sie sagen mir, wann es geschehen soll. Dann zählen wir gemeinsam und fertigen ein kleines Protokoll an, das wir beide unterzeichnen."

Der Amtsvogt zeigte sich sichtlich irritiert angesichts des selbstsicheren Auftretens des Knechts. So etwas hatte er nicht erwartet. Dann fragte skeptisch: „Sie können schreiben?"

„Ja, in der Steiermark lernt man nicht nur Lesen und Schreiben, sondern auch Rechnen, Geometrie und Naturkunde", antwortete Hieronymus mit ironischem Unterton.

Karl war im Türrahmen stehengeblieben. So hatte er sich das Gespräch nicht vorgestellt. Es war ihm äußerst peinlich und er drehte seinen Hut verlegen in den Händen.

Der Amtsvogt hingegen hatte den Seitenhieb sehr wohl verstanden, den er auf seine Bemerkung, in der Steiermark würde ja ohnehin nichts wachsen, bekommen hatte. Ein Knecht, der lesen, schreiben und rechnen kann, unglaublich! Und dann auch noch diese spitzfindigen Bemerkungen, wo sollte das denn noch hinführen?

„Nun gut, lassen Sie uns gehen und gemeinsam die Stiegen zählen!"

Viertes Kapitel

1605 Herbst, Gerdesburg

Auf den Endmoränen, die die Gletscher der letzten Eiszeit vor etwa zehntausend Jahren zurückließen, hatten sich Birken, Buchen und Eichen angesiedelt und bildeten einen dichten Wald.

Das änderte sich, nachdem man in Lüneburg auf große Salzvorkommen gestoßen war und man damit begonnen hatte, dieses „weiße Gold" in großen Mengen abzubauen.

Der Sage nach soll um das Jahr 800 eine Sau sich im Salzwasser gesuhlt haben, was darauf hindeutete, dass das Salz bereits wenige Meter unter der Oberfläche zu finden war.

Ab dem zwölften Jahrhundert begann man, das sehr wertvolle Speisesalz, das man als Konservierungsmittel für Heringe und Fleisch brauchte, in Lüneburg abzubauen. Der gesamte Ostseeraum wurde mit Salz aus Lüneburg beliefert. Dazu hatte man extra den Stegnitzkanal gebaut, der von der Elbe bei Lauenburg bis an die Trave bei Lübeck führte. So konnte über diesen Kanal das kostbare Gut in großen Mengen nach Lübeck und von dort weiter über die Trave bis an die Ostsee transportiert werden. Von hier gelangte es dann in die Hansestädte entlang der gesamten Ostseeküste.

Da das Salz in Lüneburg schon wenige Meter unter der Oberfläche zu finden war, konnte man die Sole mit Eimern abschöpfen und dann über lange Rinnen den Sudpfannen zuführen. Insgesamt wurden 216 Sudpfannen gleichzeitig betrieben.

Eigentümer der Sudpfannen waren die Geistlichen und Adeligen. Die Pfannen wurden an die Sülfmeister verpachtet, die dafür die Hälfte des Siedepfannenertrages als Pachtzins abzuführen hatten. Kein Wunder, dass die Geistlichen und die Adeligen angesichts des Reichtums, den die Sudhäuser brachten, darauf bedacht waren, die Produktion ständig zu erhöhen.

Die Sudpfannen wurden mit Holz befeuert. Dazu brauchte man Holz, Holz und nochmals Holz.

Der Waldbestand war für die Landesherren praktisch wertlos, er brachte keinen Zins, aus ihm war kein Kapital zu schlagen. Also sprach nichts dagegen, dass man ihn rigoros abholzte, um damit die Sudpfannen zu befeuern.

Da das nun schon über mehrere Jahrhunderte geschehen war, war die Gegend um Lüneburg herum total ohne Wald und verödet. Die Böden waren karg, neue Bäume wurden nicht gepflanzt und so konnte die Heide sich ungehindert ausbreiten. Es entstand das Gebiet der „Lüneburger Heide".

So wurde eine Stadt reich, die Menschen im Umland über Generationen arm. Lüneburg entwickelte sich mit 14 000 Einwohnern neben Hamburg zu einer der größten und reichsten Städte Norddeutschlands, nur Lübeck war größer.

Gerdesburg lag am Rande dieser sonst sehr öden Gegend. So waren auch hier weite Teile des Gemeindegebietes mit Besenheide bewachsen, die im Spätsommer den Bienen reichlich Honig lieferte.

Jeder Bauer hatte seinen eigenen Bienenzaun und der wohlschmeckende Honig brachte immer ein wenig Abwechslung in die sonst sehr kargen Essgewohnheiten der Heidebauern.

Lediglich im Klecker Wald, der unmittelbar an Gerdesburg angrenzte, gab es noch einen ansehnlichen Waldbestand.

Hieronymus war mit der Ernte fertig. Er war zufrieden. Zwar hatten ihm die Bauern nicht mehr so spektakulär geholfen wie beim Mähen des Roggens auf dem Royberg, aber sie hatten zurückgestanden und ihm die Tagelöhner überlassen, wenn er einen oder mehrere Helfer brauchte.

„Mach du man zuerst, du hast ja keinen Knecht und wir können warten", hatte ihm der Bauer vom Meyerhof einmal gesagt. So konnte Hieronymus die Ernte ohne große Probleme einbringen. Er musste sich aber auch Gedanken darüber machen, wie es auf dem Erlenhof weitergehen sollte.

Wenn er, so wie er es ursprünglich geplant hatte, noch vor dem Winter nach Hamburg weiterreisen wollte, musste er sich jetzt um einen neuen Knecht bemühen. Aber wollte er das? Wollte er wirklich den Erlenhof verlassen? Dann würde er Margarete sicherlich niemals wiedersehen. „Na ja", dachte er, „warten wir noch ein paar Monate, dann kann ich mich immer noch entscheiden, aber einen neuen Knecht brauche ich so oder so, die Bauern aus dem Dorf werden mir nicht ewig helfen."

Nach dem Frühstück sprach er dann die Bäuerin an: „Bäuerin, wir brauchen einen neuen Knecht. Jetzt nach der Ernte ist es möglich, dass einer der Bauern seinen Knecht abgibt. Im Winter ist zwar nicht so viel Arbeit auf dem Hof und ich könnte es alleine schaffen, aber im Frühjahr, vor der Bestellung der Felder, gibt niemand mehr seinen Knecht her!"

Die Bäuerin überlegte nicht lange und sagte: „In Ordnung, Hieronymus, mach nur, kümmere dich um einen neuen Knecht. Du kannst ja mal rumfragen, wer bereit ist, seinen Knecht abzugeben."

Hieronymus hatte schon jemanden im Hinterkopf, den er gerne als Knecht einstellen würde. „Der Johann vom Brackenhof, das wäre der richtige. Er ist jung, kräftig und fleißig, das habe ich gesehen", dachte Hieronymus und überlegte nicht lange, sondern machte sich gleich auf den Weg zum Brackenhof.

Der Bauer war zunächst überrascht, als Hieronymus ihn aufsuchte und unvermittelt fragte: „Bauer, du weißt, dass uns auf dem Erlenhof ein Knecht fehlt. Wie sieht es bei dir aus?

Kannst du nicht auf deinen Knecht Johann verzichten, jetzt, vor dem Winter? Es gibt ja jetzt ohnehin nicht genügend Arbeit für deine beiden Knechte."

„Na ja", überlegte der Brackenhofbauer, „eigentlich habe ich ihn ja bis Lichtmess eingestellt. Du weißt ja, das Arbeitsjahr geht immer von Lichtmess bis Lichtmess, erst dann bekommt der Knecht seinen Jahreslohn, aber Recht hast du, Hieronymus", fuhr er dann nach kurzem Überlegen fort: „Die Witwe vom Schuster Schmanns hat mich schon gefragt, ob ich Ihren zweiten Sohn, den Hannes, nicht als Knecht einstellen könne. Er ist noch sehr jung, gerade einmal dreizehn Jahre alt, aber älter wird er von alleine", lachte der Bauer. „das werde ich machen, dann sind alle zufrieden. Gleich morgen schicke ich den Johann zu euch auf den Erlenhof!"

Erleichtert ging Hieronymus zurück zum Erlenhof und berichtete über seine erfolgreiche Suche nach einem geeigneten Knecht.

Früh am nächsten Morgen erschien Johann rechtzeitig, um seine Arbeit auf dem Erlenhof aufzunehmen. Hieronymus begrüßte ihn freundlich und sagte dann: „Komm, Johann, ich zeige dir, wo alles liegt und was du zu tun hast, zuerst gehen wir in den Stall!"

Viel brauchte Hieronymus ihm nicht zu zeigen. Johann beherrschte alle Arbeiten. Als sie aber zu den Pferden kamen und Johann die beiden Rappen sah, strahlten seine Augen vor Freude. Mit so schönen Pferden einmal zu arbeiten, davon hatte er schon lange geträumt.

Am gleichen Tag erschien zur Mittagszeit der Kötner Hagemann, dessen Haus schon vor Wochen abgebrannt war und der noch immer nicht mit dem Wiederaufbau begonnen hatte. Er schien völlig verzweifelt.

Die Bäuerin bat ihn herein und sagte: „Setz dich, mein Lieber, was treibt dich zu mir? Hast du Sorgen? Kann ich dir helfen? Sag schon, was ist passiert? Warum siehst du so verzweifelt aus?"

Der Kötner setzte sich zu ihr an den großen Tisch und begann zu erzählen: „Also, wie du ja weißt, ist mir mein Haus am gleichen Tag abgebrannt, an dem dein geliebter Mann auf so schreckliche Weise ums Leben kam. Dein Knecht Hieronymus hat damals beim Löschen geholfen. Wir haben ihn dann zu dir geschickt, damit er dir über die Runden hilft. Wie ich sehe, hat er das gut gemacht."

Die Bäuerin nickte: „Aber du bist doch nicht gekommen, um mir das zu erzählen?"

„Nein", antwortete nun der Kötner, „natürlich nicht, aber ich dachte, ihr könntet mir vielleicht helfen. Es ist nämlich so, ich möchte mein Haus so schnell wie möglich wieder aufbauen, das Geld dafür habe ich. Ich war schon beim Zimmermann, der will das auch machen. Einen Aufriss hat er schon gefertigt. Er will das Haus auf den alten Grundmauern errichten. Das Holz hat er auch schon liegen. Es ist trocken und fertig gesägt."

„Na, das ist doch wunderbar", warf die Bäuerin ein, „und nun sollen wir dir beim Aufbau helfen – oder willst du uns schon zum Richtfest einladen?"

„Ja, äh, nein, ja, natürlich lade ich euch zum Richtfest ein, aber doch jetzt noch nicht, nein, ich habe ein anderes Problem. Der Zimmermann will sein Holz nur hergeben, wenn er neues Holz dafür bekommt. Eichenholz, versteht sich. Woher aber soll ich Eichenholz nehmen? Meine Kötnerstelle gehört zum Kloster Ramelsloh und da habe ich keine Holzgerechtigkeit.

Ihr wisst ja, die Herzöge von Braunschweig-Lüneburg brauchen alles Holz für die Saline in Lüneburg. Sie schlagen alle Bäume ab, transportieren sie nach Lüneburg und verbrennen sie unter ihren Sudpfannen. Eine Schande ist das! Sie verdienen mit dem Salz Unmengen Geld und für uns bleibt nicht einmal ein Baum für den Hausbau übrig", schimpfte der Kötner nun lauthals, „aus den paar Erlen und Weiden, die an der Seeve wachsen, kann man kein Haus bauen."

„Ach, und nun möchtest du das Eichenholz von uns haben?", fragte die Bäuerin.

„Ja, ihr habt doch eine Holzgerechtigkeit im Klecker Wald. Da wachsen gute Eichen. Wenn ihr die dem Zimmermann gebt, würde er für mich bauen. Ihr müsst es ihm nicht kostenlos geben. Ich habe mit ihm einen Festpreis vereinbart. Er bekommt dreihundertfünfzig Thaler. Dafür muss er alle Holzarbeiten ausführen", erklärte der Kötner.

Hieronymus sah, wie es in der Bäuerin arbeitete. Scheinbar lockte sie das Geld, das sie für den Holzverkauf bekommen könnte. Allerdings wusste Hieronymus, dass da noch der Amtsvogt mitbestimmte und der dazu sein Einverständnis geben müsste. Schließlich war das Holz für einen Kötner bestimmt, dessen Kötnerstelle nicht zum Amt Harburg, sondern zum Kloster Ramelsloh gehörte. Wie die Bäuerin das wohl lösen wollte?

„In Ordnung", sagte sie nach einer Weile, „das machen wir so. Schicke mir den Zimmermann, damit ich mit ihm über den Preis für das Holz verhandeln kann!"

Ein Freudestrahl zog über das Gesicht des Kötners Hagemann. Der hatte wohl mit mehr Widerstand gerechnet. Schnell sagte er zu, den Zimmermeister zu bitten, so schnell wie möglich zur Erlenhofbäuerin zu gehen und mit ihr über das weitere Vorgehen zu verhandeln.

Hieronymus, der seine Bedenken wegen des Amtsvogts nicht für sich behalten wollte, fragte die Bäuerin: „Bäuerin, was wird der Amtsvogt dazu sagen? Der kann sich doch nicht einfach über die Anordnungen seines Herzogs hinwegsetzen!"

„Hieronymus, mach dir darüber keine Gedanken! Der wird zustimmen, da bin ich mir ganz sicher! Sollte er sich widersetzen, werde ich ihn daran erinnern, dass er bei seinem Hausbau vor ein paar Jahren viel mehr Holz bekommen hat, als er angegeben hat. Ich könnte ja möglicherweise den Herzog darüber informieren. Das dürfte unangenehme Folgen für ihn haben! Deshalb wird er zustimmen! Und ganz nebenbei kommt noch etwas Geld zu uns ins Haus, ist das nicht wunderbar?", lachte die Bäuerin.

Schon am nächsten Morgen erschien der Zimmermann und führte hinter verschlossener Tür ein langes, ernsthaftes Gespräch mit der Bäuerin. Als er herauskam, war er kreidebleich, die Bäuerin folgte ihm mit lachendem Gesicht.

„Hieromymus, es geht los", rief sie freudestrahlend, „ab in den Klecker Wald und Eichen fällen! Hol dir ein paar Leute aus dem Dorf, die haben ja wieder alle dem Hagemann ihre Hilfe zugesagt, also los, keine Zeit verlieren!"

Hieronymus schüttelte den Kopf und fragte sich: „Wie hat sie das nur wieder hinbekommen? Wie viel Geld hat sie dem Zimmermann für das Holz abgeknöpft? Wie der aussah, muss sie ganz schön hingelangt haben. Egal, Hauptsache der Hagemann bekommt sein Haus und hat noch vor dem Winter ein Dach über dem Kopf!"

Hieronymus spannte die Pferde an und schickte den neuen Knecht Hannes zu den Bauern, um die zu bitten, in den Klecker Wald zu kommen und beim Fällen der Eichen für den Wiederaufbau des Hauses vom Kötner Hagemann zu helfen.

Weil die Bauern jetzt, nachdem die Ernte eingefahren war, eine ruhigere Zeit hatten, folgten sie der Bitte und begaben sich in den Klecker Wald oder sie schickten ihre Knechte.

Schon bald waren die ersten Eichen gefällt und entastet, so dass Hieronymus mit seinen Pferden beginnen konnte, die Stämme aus dem Wald zu ziehen. Die Bauern staunten, mit welcher Kraft und Gelassenheit die beiden Rappen diese Arbeit bewältigten, bis einer der Bauern fragte: „Sag mal Hieronymus, wie kann es angehen, dass du die Pferde so günstig gekauft hast? Der Pferdehändler Pieper war ja auf der Beerdigung vom Erlenhofbauern und hat dort erzählt, dass er dir die Pferde für einen Preis gelassen hat, an dem er keinen Thaler verdient hätte?"

„Das war ganz einfach", antwortete Hieronymus, „ich habe ihm damit gedroht, die Bäuerin zu holen, wenn er mir keinen ordentlichen Preis macht. Da ist er blass geworden und hat ein paar Thaler vom Preis abgelassen."

Alle lachten, schließlich kannten sie die Bäuerin und wussten von ihrer Gier nach Geld.

Dann wusste Bauer Martens zu erzählen: „Wenn der Viehhändler kommt und ein Schwein kaufen will, verhandelt sie mit ihm, schickt ihn dann aber wieder weg und sagt, er solle am nächsten Tag wiederkommen und einen ordentlichen Preis mitbringen. Wenn er am nächsten Tag wiederkommt, kann es durchaus sein, dass sie ihn nochmals wieder wegschickt und noch einen besseren Preis verlangt. Ja, ja, sie ist hinter dem Geld her wie der Teufel hinter der Seele!"

Dann meldete sich der Kötner Clausen zu Wort, den Hieronymus kannte, weil der jeden Montag zu ihnen auf den Hof kam und nach frischen Eiern fragte, die er der Bäuerin abkaufen wollte. Clausen betrieb nebenbei einen Eierhandel, kam jeden Montag auf die Höfe und kaufte die Eier, die nicht im eigenen Haushalt verbraucht wurden. Dann schob er jeden Dienstag in aller Frühe mit der Schiebkarre nach Harburg auf den Markt. Nebenbei nahm er auch die alten Hühner mit, wenn diese keine Eier mehr legen konnten.

Die Eier wurden in eine Kiste mit Roggen gepackt, damit sie nicht zusammenstießen und zerbrachen, obendrauf kamen die lebenden Hühner in einen kleinen Holzkäfig. So schob er die volle Karre nach Harburg. Vier Stunden dauerte der Weg und nachmittags wieder vier Stunden zurück mit der leeren Karre.

Nun erzählte er, dass die Erlenhofbäuerin eine liebe Frau sei, dass sie die alten Hühner aber immer nur zu einem überhöhten Preis mitgab. Wenn er den Preis nicht zahlte wollte, bekam er auch keine Eier. Die brauchte er aber, weil insbesondere ein Bäcker in Harburg immer darauf wartete. Dann fügte er nachdenklich hinzu: „Ja, ja, die Erlenhofbäuerin, die weiß, was sie will!"

Als Hieronymus am Abend auf den Hof fuhr, kam ihm die Bäuerin schon freudestrahlend entgegen: „Hieronymus, ich war heute beim Amtsvogt. Er hat ein wenig zähneknirschend sein Einverständnis gegeben, dass wir das Holz im Klecker Wald schlagen dürfen. Alles ist in bester Ordnung!"

Beim Aufbau des Hauses halfen wieder alle mit. Der Zimmermann hatte alle Balken für das Fachwerk und den Dachstuhl mit römischen Zahlen gekennzeichnet. Er brauchte nur noch genaue Anweisung geben, wohin jeder Balken, jede Pfette und Sparren gehörte. Viele fleißige Hände packten an und fügten alle Teile ordnungsgemäß zusammen.

Als der letzte Sparren auf dem Dachstuhl vernagelt war, hielt der Zimmermann einen zünftigen Richtspruch, dankte allen für die Hilfe und wandte sich dann an den Kötner Hagemann: „Ich frag jetzt den Bauherrn vor aller Welt, wie ihm dieser Bau gefällt?"

Der antwortete pflichtgemäß, aber auch überzeugt: „Sehr gut! Danke! Und jetzt kommt alle zum Richtfest!"

Der Bauherr hatte Bier und Branntwein bereitgestellt, jeder hatte für sich seine eigene Vesper mitgebracht und so wurde gut gegessen, viel getrunken und lebhaft diskutiert. Nach ein paar Gläsern Branntwein und einigen Krügen Bier fing der eine oder andere an, sich über die komische Sprache des „Mannes aus der

Steiermark" lustig zu machen. Keiner meinte es boshaft, denn man klopfte Hieronymus freundschaftlich dabei auf die Schulter.

Hieronymus hingegen machte sich seinerseits lustig über das, was man hier Berge nannte. „Jeden kleinen Sandhügel nennt ihr hier Berg, Royberg, Lerchenberg, Kornberg, Osterberg, und der höchste Berg, der Wilseder Berg, ist sogar 169 Meter hoch!" Dabei machte er ein staunendes Gesicht und musste dann lachen.

Dann griff er nach einer Schaufel, die noch am Gerüst stand, stieß sie in den Boden und hob damit eine Schaufel voll Sand aus, kippte die zur Seite und sagte: „Das ist auch ein Berg, für eine Ameise ein ganz schön hoher Berg!" Alles lachte.

Nach einer weiteren Runde Bier und Branntwein kam der Kötner Hagemann zu Hieronymus, legte ihm seinen Arm auf die Schulter und machte ihm ein Angebot: „Du, Hieronymus, ich habe eine schöne Tochter. Die wäre was für dich! Willst du die nicht heiraten?"

Hieronymus verschlug es fast die Sprache. Wie sollte er so schnell auf dieses Angebot die richtige Antwort finden? Damit hatte er ganz und gar nicht gerechnet. Er kannte das Mädchen doch gar nicht. Und dann war da noch Margarete. Die wollte er zur Frau, nicht die Tochter des Kötners Hagemann. Das ehrte zwar den Mann, ihm ein solches Angebot zu machen, aber richtig nachgedacht hatte der wohl nicht. Oder war der Kötner nur betrunken?

Egal, hier musste Hieronymus unbeschadet rauskommen, deshalb antwortete er: „Danke, mein Lieber, für dein Angebot, aber ich möchte lieber allein bleiben. Ich will noch nach Hamburg und von dort mit einem Schiff nach Amerika. Da willst du deine Tochter doch sicherlich nicht mitgeben? Du würdest sie niemals wiedersehen!"

Der Alte schüttelte den Kopf und Hieronymus dachte: „Gerade nochmal gutgegangen ..."

Fünftes Kapitel

Herbst 1607

Eines der Fenster auf der Nordseite der Kirche war zerbrochen. Schon seit Monaten fehlte eine Scheibe in dem bleiverglasten Fenster. Ob die Scheibe von alleine herausgefallen war oder ob eines der Kinder beim Spielen versehentlich einen Stein hineingeworfen hatte, wusste niemand.

Den Sommer über hatte es nicht gestört, im Gegenteil, man freute sich, wenn ein kühler Windstoß hindurchblies und ein wenig Abkühlung brachte. Heute aber, an diesem ungemütlichen Herbstmorgen des Jahres 1607, pfiff ein unangenehm kalter Wind durch die geborstene Scheibe auf die Kirchenbesucher.

Hieronymus war, wie an jedem Sonntag, auch heute, eine Woche vor dem Erntedanktag, in die Kirche gekommen, um am Gottesdienst teilzunehmen. Schließlich hatte er seine Heimat nicht freiwillig verlassen. Er war wegen seines Glaubens vertrieben worden und so wunderte es niemanden, dass Hieronymus keinen der Gottesdienste ausließ. Er war ein frommer Mann und ein braver Kirchgänger.

Hieronymus saß in einer der letzten Reihen. Er zog seinen Mantelkragen höher, so konnte ihm der Wind nichts anhaben und er brauchte den Platz nicht zu verlassen, von dem aus er einen guten Blick auf Margarete hatte.

Margarete saß vorn, in der ersten Reihe neben ihrer Mutter.

Jeder Bürger hatte seinen festgeschriebenen Platz in der Kirche. Die Bauern saßen ganz vorne, die Familie vom Erlenhof in der ersten Reihe, weil der Bauer auch Kirchenjurat gewesen war.

Hinter den Bauern saßen die Handwerker, Müller, Bäcker, Schmiede, Stellmacher, Schuster und so weiter, dahinter, in den letzten Reihen, die Mägde und Knechte.

Heute war die Kirche nicht ganz so voll wie an den anderen Sonntagen. Das lag wohl am schlechten Wetter, wenngleich der Pastor so etwas als Ausrede nicht hinnehmen wollte. Aber es war auch nicht einfach, viele Gemeindemitglieder hatten einen weiten Weg bis zur Kirche, denn die Kirchengemeinde umfasste auch die umliegenden Dörfer. Nicht jeder hatte eine Kutsche, mit der er zum Gottesdienst fahren konnte, viele mussten den Weg zu Fuß zurücklegen, für einige bedeutete das mehr als eine Stunde Fußmarsch je Richtung.

Am nächsten Sonntag war Erntedanktag, da kamen ohnehin wieder alle zum Gottesdienst, also konnte man sich an diesem ungemütlichen Tag schon einmal eine Ausrede einfallen lassen.

Hieronymus lehnte sich zurück und versank in Gedanken. Mehr als zwei Jahre war er nun schon in Gerdesburg. Eigentlich hatte er der Bäuerin vom Erlenhof lediglich bei der Ernte helfen wollen, um dann weiterzuziehen nach Hamburg, der Stadt, die man ihm als so besonders beschrieben hatte.

Dann aber war da die Tochter des toten Erlenhofbauern, die nun schräg vor ihm saß. Immer, wenn er sie ansah, löste sie besondere Gefühle in ihm aus. Ihretwegen war er geblieben.

Als er kam, war sie noch fast ein Kind. Heute war sie erwachsen und mit jedem Tag schöner geworden. Wie gerne würde er diese Frau für sich haben!

Hieronymus dachte zurück an jenen Tag, als er das erste Mal den Erlenhof betrat. Als erstes war ihm dieses Mädchen mit den wunderschönen blonden Haaren und den leuchtend blauen Augen aufgefallen. Sie hatte so bitterlich um ihren toten Vater geweint, dass es Hieronymus fast das Herz zerrissen hätte.

Er genoss jeden Tag, den er in ihrer Nähe sein konnte und freute sich, wenn sie gemeinsam am Tisch beim Essen saßen. Immer, wenn er ihr in die Augen sah, senkte sie ihren Blick oder schaute verlegen zur Seite. Warum nur? Was hatte das zu bedeuten?

Dann dachte er zurück an die vergangenen zwei Jahre und überlegte, was in dieser kurzen Zeit alles passiert war. Zuerst fiel ihm die Ernte ein, bei der ihm das ganze Dorf geholfen hatte. Dann war da der Wiederaufbau des Hauses vom Kötner Hagemann, das gerade an jenem Tag, als er nach Gerdesburg kam, niederbrannte.

Dann dachte er an den Knecht Karl, der schon bei seiner Ankunft schwer krank gewesen war. Was hatte Karl ihm trotz seiner Krankheit alles beigebracht! Hieronymus musste erkennen, dass hier viele Dinge ganz anders gehandhabt wurden als in seiner Heimat, der Steiermark. Was hatte Karl ihm alles über Gerdesburg und seine Bewohner erzählt!

Und welch eine Zuversicht hatte er angesichts seines bevorstehenden Ablebens ausgestrahlt! Kein wenig traurig war er gewesen. Er war fest davon überzeugt, dass er nach seinem Tod an einen Ort käme, wo es viel, viel schöner sei als hier auf Erden.

An einem kalten Dezemberabend, drei Wochen vor Weihnachten, hatte Karl ihn dann zu sich gerufen. „Hieronymus", hatte er gesagt: „Ich glaube, der Herr holt mich jetzt zu sich. Mir ist so kalt! Hieronymus, noch eine Bitte: Die Bäuerin ist eine liebe Frau. Bleib du bei ihr, sie kann den Hof nicht alleine führen, sie braucht deine Hilfe!"

Hieronymus hatte Karl dann noch zwei warme Steine ins Bett gelegt, ihm die Wange getätschelt und gesagt: „Mach's gut, alter Freund! Es war schön, dass ich dich kennengelernt habe! Und nun: Gute Reise!" Dann kniete er nieder, legte die gefalteten Hände auf die Bettkante und betete ein letztes Vaterunser für den sterbenden Freund. Dann stand er auf, drehte sich um und verließ wortlos den Raum.

Am nächsten Morgen war Karl tot. Er war in der Nacht friedlich eingeschlafen und trug ein mildes Lächeln auf seinen blassen Lippen.

Nachdem die Totenfrau Karl zurechtgemacht hatte, wurde er, ebenso wie ein halbes Jahr vorher der Erlenhofbauer, auf dem Flett des Erlenhofes aufgebahrt. „Das ist doch selbstverständlich, dass Karl hier im Flett aufgebahrt und nicht irgendwohin abgeschoben wird", hatte die Erlenhofbäuerin gesagt: „Er hat uns über viele Jahre treu gedient und wir werden uns würdig von ihm verabschieden!"

Drei Tage später war die Beerdigung. Wieder waren viele Leute aus dem Dorf gekommen, um Karl auf seinem letzten Weg zu seiner ewigen Ruhestätte zu begleiten.

Außer einem Bruder hatte Karl keine Verwandten. Seine Eltern waren früh gestorben und so war Karl als Vierzehnjähriger auf den Erlenhof gekommen, sein älterer Bruder fand auf einem Hof in Klecken eine Arbeit, ebenfalls als Knecht. Ihn hatte man über den Tod des Bruders informiert und auch er hatte sich auf den Weg nach Gerdesburg gemacht und war trotz des einsetzenden Schneefalls zu Fuß, vorbei an dem alten Hünengrab, durch den Klecker Wald und dann die Dorfstraße entlang zum Erlenhof gekommen, gerade rechtzeitig zum Beginn der Trauerfeier.

Hieronymus hatte wieder seine zwei Rappen vor den Leichenwagen gespannt, und vor dem Haus gewartet. Als man den Sarg mit dem verstorbenen Karl aus dem Flett getragen und auf den Leichenwagen geschoben hatte, setzte sich der Trauerzug bei starkem Schneetreiben langsam in Bewegung.

Wieder läutete die Totenglocke und begleitete Karl auf seinem letzten Weg. Wieder sangen die Kinder einen Choral unter der alten Linde auf dem Kirchplatz. Und trotz des immer stärker werdenden Schneetreibens harrten alle Anwesenden so lange aus, bis der Sarg ins Grab hinabgelassen war, der Pastor seinen letzten Segen gespendet hatte und das Grab zugeschaufelt war.

Zum anschließenden Leichenschmaus, den die Mägde auf dem Erlenhof vorbereitet hatten, waren nicht mehr viele Gäste gekommen. Die meisten hatten es vorgezogen, schnell nach Hause zu gehen und sich lieber am Herdfeuer zu wärmen, als den Umweg über den Erlenhof zu machen, auch wenn es nicht allzu weit war. Schließlich hatte Karl weder eine trauernde Witwe noch Kinder hinterlassen, denen man Trost hätte spenden müssen.

Karls Bruder hatte sich ebenfalls unverzüglich auf den Heimweg nach Klecken gemacht. Es schneite inzwischen dermaßen, dass man kaum die Hand vor Augen sehen konnte, und um diese Jahreszeit wurde es auch schon recht früh dunkel.

Hieronymus wurde abrupt aus seinen Überlegungen gerissen, als ihn der Pastor an der Schulter rüttelte. „He, Hieronymus, war meine Predigt so langweilig, dass du dabei eingeschlafen bist?", fragte der Pastor lachend.

Hieronymus schaute sich suchend um. Die ganze Kirche war leer. Alle Gottesdienstbesucher waren schon gegangen. Er war der einzig Übriggebliebene. „Nein, Herr Pastor, ganz und gar nicht! Nur, ich habe über so viele Dinge nachgedacht und bin zu keinem Ende gekommen!", antwortete Hieronymus, ein wenig verlegen.

„So?", fragte der Pastor, „Wo drückt denn der Schuh? Kann ich dir vielleicht helfen? Erzähle mir deine Probleme und dann schauen wir mal."

Hieronymus zögerte, begann dann aber: „Es gibt ein Mädchen im Dorf, das hätte ich gerne zur Frau. Ich weiß aber nicht, wie ich es anstellen soll. Ich traue mich nicht, sie anzusprechen."

„Aha, willst du mir sagen, um wen es sich handelt?", fragte der Pastor.

„Nein, lieber nicht."

„Na, ja, du brauchst es mir auch nicht zu sagen, ich weiß es so, es ist die Margarete vom Erlenhof", erwiderte der Pastor mit einem schelmischen Grinsen. „Du glaubst doch nicht, dass es mir entgangen ist, mit welch einem schmachtenden Blick sie dir begegnet und wie bewundernd sie dich anschaut, wenn ihr einmal nebeneinander auf dem Kirchhof steht! Nein, nein, mein Lieber, einem alten Pastor macht man so leicht nichts vor."

„So, so, und nun weißt du nicht, wie du es anstellen sollst, sie zu fragen, ob sie deine Frau werden will?", fuhr er fort.

Hieronymus nickte.

„Es ist doch ganz einfach! Geh hin zu ihr und sage ihr, dass du sie gern hast und sie gern zur Frau hättest. Und dann frag sie, ob sie dich heiraten will! So einfach ist das! Sie wird ‚Ja' sagen, davon bin ich fest überzeugt", meinte der Pastor und ergänzte dann: „Mit der Mutter wird es allerdings schwieriger. Bei der musst du ja auch noch um die Hand ihrer Tochter anhalten. Ich weiß nicht, was die sagen wird, aber ich glaube, die hat etwas anderes im Sinn. Vielleicht irre ich mich aber auch und sie freut sich auf einen Schwiegersohn wie dich!"

„Und nun geh hin und mache es so! Ich kann ja schon einmal nachsehen, wann ich einen freien Termin für die Trauung habe", lachte der Pastor, gab Hieronymus einen freundschaftlichen Schlag auf die Schulter und drehte sich dann zum Gehen.

Hieronymus verharrte noch einen Moment, dachte darüber nach, ob es wirklich so einfach sei, wie der Pastor gesagt hatte, und woher der wissen konnte, wen er so gerne zur Frau hätte. Dann machte er sich auf den Weg zum Erlenhof.

Den ganzen Sonntag hatte Hieronymus darüber nachgedacht, ob der Pastor wohl recht hätte mit seiner Beobachtung? Ja, es war auch ihm aufgefallen, dass Margarete ihn hin und wieder ansah, aber wenn er den Blick erwidern wollte, schaute sie schnell zu Boden oder zur Seite. Manchmal war sie leicht errötet, wenn er sie ansah, auch das hatte er bemerkt. Sollte sie ihn tatsächlich mögen? Würde sie wirklich „Ja" sagen, wenn er sie fragte, ob sie seine Frau werden wolle? Wo hatte der Pastor diese Gewissheit hergenommen? Was, wenn sie „Nein" sagen würde?

Fragen über Fragen, bis er letztlich zu dem Entschluss kam: „Ja, so wie der Pastor es gesagt hat, werde ich es machen! Was kann mir schon passieren? Wenn ich es jetzt nicht mache, wann dann?"

Und dann erinnerte er sich noch an die Worte, die Karl ihm vor langer Zeit gesagt hatte: „Warte mal ab, in zwei Jahren stehen die Männer, die Margarete heiraten wollen, Schlange am Erlenhof!"

Dieser Satz ging ihm nicht mehr aus dem Kopf. Womöglich kam ein anderer ihm zuvor und schnappte sich Margarete vor seinen Augen weg. Das durfte auf gar keinen Fall passieren. Noch in dieser Woche wollte er Margarete fragen, ob sie seine Frau zu werden wolle.

Der Mittwoch nahte und Hieronymus wusste, dass an diesem Tag immer die Mägde ihren „Kökschenabend", wie sie es nannten, hatten. Da gingen sie früh am Abend aus dem Haus und trafen sich am Dorfbrunnen mit den anderen Mägden und jungen Männern aus dem Dorf.

Auch der Knecht Johann besuchte regelmäßig am Mittwoch das Treffen. Und die Bäuerin, das hatte er so nebenbei mitbekommen, würde diesen Mittwochabend gemeinsam mit den anderen Bäuerinnen beim Meyerhofbauern die Schafwolle spinnen. Das Spinnrad hatte er schon am Nachmittag dorthin gebracht.

Heute war also der Abend gekommen, an dem er alleine mit Margarete im Haus sein würde. Das würde der alles entscheidende Abend werden, vorausgesetzt, der Mut würde ihn so schnell nicht wieder verlassen.

Aber nein, heute würde er allen Mut zusammennehmen und Margarete fragen, ob sie seine Frau werden wolle. Er war fest entschlossen.

Und tatsächlich, an diesem Abend saß er allein mit Margarete in der Stube und dann auch noch gemeinsam auf einer Bank. Margarete hatte das Spinnrad vor sich stehen und spann feinste Fäden aus dem Flachs, den sie im Vorjahr geerntet und mühsam gebrochen, gekämmt und zu Docken zusammengelegt hatten.

Hieronymus saß neben ihr und reichte ihr die Docken. Dabei kam er wieder ins Grübeln. Ob der Pastor wohl recht hatte, dass sie „Ja" sagen würde? Was, wenn sie „Nein" sagt? Wäre er dann blamiert? Müsste er dann gehen? Könnte er ihr je wieder unter die Augen treten? Alle Fragen vom Sonntag waren wieder da und kreisten in seinem Kopf herum.

Dann hörte das Spinnrad auf zu surren. Eine Hand legte sich zärtlich auf seinen Arm. Ihn durchfuhr ein seltsames Kribbeln. Ein Kopf war plötzlich ganz dicht neben seinem und fragte leise: „Hieronymus, wo bist du? Wach auf! Ich habe keine Docke mehr!"

Hieronymus kam zurück aus seinem Traum. Der Kopf neben ihm war immer noch da. Zwei wunderschöne blaue Augen strahlten ihn liebevoll an. Strohblondes Haar umgab das liebliche Gesicht.

In diesem Moment vergaß Hieronymus, was Docken sind.

In diesem Moment vergaß er, welche Worte er sich gerade zurechtgelegt hatte, die er Margarete sagen wollte. In diesem Moment vergaß er alles um sich herum!

Vorsichtig küsste er ihre Wange. Sie ließ es sich gefallen. Dann drehte der Kopf sich ein wenig mehr zu ihm. Jetzt berührten seine Lippen die Lippen, die darauf gewartet hatten, geküsst zu werden. Es waren Margaretes Lippen.

Margarete beatwortete den Kuss zuerst noch ebenso zärtlich. Dann spürte sie Hieronymus Hände an ihren Wangen, die sie zärtlich zu ihm heranzogen und dann wurde aus der zärtlichen Berührung ein leidenschaftlicher Kuss.

Wie lange hatte sie darauf gewartet, wie lange hatte sie sich danach gesehnt! Von dem Tag an, als sie Hieronymus das erste Mal begegnet war, hatte sie auf diesen Augenblick gewartet. Ein Schauer durchfuhr ihren Körper und sie wünschte sich, dass dieser Kuss niemals zu Ende gehen würde.

Dann sank Hieronymus vor ihr auf die Knie, fasste ihre beiden Hände und begann mit zittriger Stimme: „Margarete, zwei Jahre bin ich jetzt hier. Eigentlich wollte ich bloß bis zum Ende der Ernte auf dem Erlenhof bleiben, dann wollte ich weiter nach Hamburg und mir dort eine Arbeit suchen. Ich bin geblieben. Deinetwegen! Nur deinetwegen bin ich geblieben!

Ich habe mich jeden Tag nach deiner Nähe gesehnt! Ich habe mich mit dir gefreut, wenn du fröhlich warst, ich habe mit dir gelitten, wenn du traurig warst. Du bist eine so wunderbare Frau, mit dir möchte ich gerne den Rest meines Lebens verbringen. Ich verspreche dir, ich werde immer für dich da sein, ich werde alles für dich tun, wenn du meine Frau würdest. Margarete, ich frage dich, willst du mich heiraten, willst du meine Frau werden?"

Margarete zog ihn zu sich heran. Freudentränen standen ihr in den Augen. „Ja, mein Liebster, das will ich! Wo immer du bist, da werde auch ich sein! Ich werde immer bei dir sein! Wohin du auch gehst, dort werde auch ich hingehen!"

Dann glitten ihre zarten, schlanken Finger in sein volles, schwarzes Haar. Sie hielt ihn fest und küsste ihn stürmisch, voller Leidenschaft und unendlich lange …

Viel zu früh kamen die Mägde nach Hause. Gerne wäre Margarete an diesem Abend noch lange allein mit Hieronymus gewesen. Jetzt aber platzten die Mägde kichernd herein und begannen lauthals über den Abend am Dorfbrunnen zu erzählen.

Hieronymus strich Margarete noch einmal über ihr blondes Haar und begab sich dann zur Ruhe. Morgen würde er mit der Bäuerin sprechen und um die Hand ihrer Tochter anhalten. Er fiel zufrieden in einen tiefen, festen und traumlosen Schlaf.

Am nächsten Morgen war alles wie immer. Nachdem Hieronymus die Pferde versorgt hatte und die Mägde mit dem Melken fertig waren, trafen sich alle im Flett zum Frühstück am großen Tisch.

Hieronymus war aufgeregt und überlegte krampfhaft, wie er es anstellen sollte, dass er mit Margarete und der Bäuerin alleine am großen Tisch im Flett bleiben würde und wie er das Gespräch mit der Bäuerin beginnen sollte. Dann ging es aber wie von selbst. Die Bäuerin wies die beiden Mägde an, in den Garten zu gehen. Sie sollten dort die letzten Stangenbohnen pflücken, Hieronymus schickte den Knecht Johann in den Stall. Er solle die Pferde anspannen und dann mit ihnen zum Pflügen fahren.

Als alle gegangen waren und nur noch Margarete, die Bäuerin und er am Tisch saßen, begann Hieronymus etwas plump, weil ihm vor lauter Aufregung die Worte, die er sich zurechtgelegt hatte, nicht mehr einfielen: „Bäuerin, ich möchte deine Tochter Margarete heiraten und halte hiermit um ihre Hand an!"

Pause. Eisiges Schweigen. Nur ein paar Fliegen summen unbeirrt um den Marmeladentopf.

Die Bäuerin kniff die Augen zusammen und zog die Stirn in Falten. „Was willst du? Du willst meine einzige Tochter heiraten? Bist du verrückt geworden?", fuhr es aus ihr heraus, dann stieg ihr die Zornesröte ins Gesicht und mit schriller, sich überschlagender Stimme rief sie: „Nein, nein! Niemals! Du heiratest meine Tochter nicht! Nein, nein und nochmals nein! Wen meine Tochter heiratet, bestimme ich und du bist es nicht! Und nun verschwinde! Gehe mir aus den Augen! Hau ab, pack deine Sachen und geh! Ich will dich nie mehr wieder sehen!" Dann schlug sie sich die Hände vors Gesicht und fing lauthals an zu weinen.

Mit so einer Reaktion hatte Hieronymus ganz und gar nicht gerechnet. Was war denn in die Bäuerin gefahren? Was hatte er falsch gemacht? Was sollte er nun machen? Er wusste es nicht.

Also stand er auf und wollte zur Tür gehen, als Margarete sich ihm in den Weg stellte und ihm um den Hals fiel. „Hieronymus, geh nicht! Bitte, bleib hier", schluchzte sie in seinen Armen.

Hieronymus rang nach Fassung. Hier musste er so schnell wie möglich weg, das wusste er. „Margarete", flüsterte er ihr ins Ohr, „weine nicht, Kind, alles wird gut, das verspreche ich dir." Er fasste Margarete sanft an der Schulter und schob sie vorsichtig von sich. „Und nun geh hin, beruhige deine Mutter. Ich werde mir eine Lösung überlegen. Alles wird gut, glaube mir!"

„Das hatte Hieronymus schon einmal gesagt. Damals, vor zwei Jahren, als er sie das erste Mal an der Bahre ihres toten Vaters getröstet hatte. Wie aber sollte alles gut werden, wenn die Mutter sich ihnen in den Weg stellte?", dachte Margarete und weinte bitterlich.

Hieronymus ging in den Stall zu den Pferden und setzte sich auf seine Futterkiste. „Warum müssen Frauen eigentlich immer weinen, bei jeder Gelegenheit, mal, wenn sie traurig sind, mal, wenn sie sich freuen und mal, wenn sie wütend sind?", fragte er die Pferde, doch wie immer bekam er keine Antwort.

Egal, zuerst musste er einmal seine Gedanken ordnen. Was war eigentlich geschehen? Was hatte er falsch gemacht? Gestern Abend war doch alles so glatt gelaufen. Margarete hatte sofort „Ja" gesagt. Es war ein wunderschöner Abend gewesen. Der schönste Abend, den er jemals in seinem Leben erlebt hatte.

Voller Zuversicht hatte er eben bei der Bäuerin um die Hand ihrer Tochter angehalten und dann war sie geradezu explodiert. Warum nur? Was war in sie gefahren?

Wie hatte der Pastor am Sonntag wissen können, dass Margarete „Ja" sagen würde und dass es mit der Bäuerin Probleme geben würde? Was hatten seine eigenartigen Bemerkungen zu bedeuten, denen er weiter keine Beachtung geschenkt hatte. Was hatte der Pastor doch noch genau gesagt? „Mit der Mutter wird es allerdings schwieriger. Ich weiß nicht, was die sagen wird, aber ich glaube, die hat etwas anderes im Sinn."

Was hatte er gemeint mit „etwas anderes im Sinn"? Der Pastor wusste mehr. Sollte er hingehen und ihn fragen? Nein, der würde ihm nichts verraten. Aber was mochte die Bäuerin denn im Sinn haben? Alles drehte sich im Kopf von Hieronymus, er wusste keine Antwort auf all seine Fragen.

Dann fiel ihm der alte Knecht Karl ein, was hatte der doch gesagt, schon eine Woche nachdem er auf den Erlenhof gekommen war? „Wer weiß, vielleicht heiratet die Bäuerin ja schon bald einen anderen. Allein kann sie den Hof nicht führen. Sie braucht einen Interimswirt!"

Und dann, ein paar Monate später, als Karl auf dem Sterbebett lag und Hieronymus zu sich gerufen hatte, hatte er an Hieronymus gewandt gesagt: „Die Bäuerin ist eine liebe Frau. Bleib du bei ihr, sie kann den Hof nicht alleine führen, sie braucht deine Hilfe!"

Hieronymus war geblieben. Allerdings nicht wegen der Bäuerin, sondern wegen Margarete. Hatte er etwas übersehen? Hatte er etwas falsch verstanden? Hatte der alte Karl etwas ganz anderes gemeint, als er Hieronymus bat, bei der Bäuerin zu bleiben? Hatte die Bäuerin etwa darauf gewartet, dass er ihr einen Heiratsantrag machen würde?

Nein, das konnte nicht sein. Oder doch? War sie deshalb vorhin so ausgerastet? Hatte sie auf ihr Glück gehofft und musste nun erkennen, dass daraus nichts würde?

Er überlegte.

Je länger er nachdachte, umso mehr schien ihm der Gedanke realistisch. Die Bäuerin war immer besonders nett zu ihm gewesen. Sie hatte ihm jeden Wunsch erfüllt. Selbst als er einmal meinte, man brauche einen neuen Leiterwagen, hatte sie sofort gesagt: „Geh zum Stellmacher, Hieronymus, lass dir einen Wagen bauen, so wie du ihn haben möchtest. Es kommt nicht auf den Preis an, Hauptsache, der Wagen gefällt dir!"

Wenn es Fleisch zu essen gab, reichte sie ihm immer das größte Stück. Das war ihm schon manchmal peinlich gewesen. Wenn sie am Tisch saßen, sah sie ihn oftmals lange und durchdringend an. Das hatte er wohl bemerkt, er hatte sich aber nichts weiter dabei gedacht.

Wenn es kalt war, hatte sie ihm immer ein paar wärmende Steine ins Bett gelegt. Ja, die Bäuerin war es gewesen, nicht eine der Mägde, das ging ihm erst jetzt auf.

Aber dass sie darauf gewartet hätte, dass er ihr einen Heiratsantrag stellt, darauf war er nicht gekommen.

Wie alt mochte sie denn sein? Hieronymus rechnete: Margarete war jetzt achtzehn Jahre alt. Wenn die Mutter bei der Geburt zwanzig Jahre alt gewesen war, müsste sie jetzt achtunddreißig Jahre alt sein. Das könnte passen. Und recht attraktiv war sie noch, das musste Hieronymus eingestehen. Vor allem, weil sie wieder bunte Kleidung trug, nachdem das Trauerjahr vorüber war.

Er war nun siebenundzwanzig Jahre alt, also nur elf Jahre jünger als sie. Na ja, nicht gerade wenig, aber auch nicht zu viel, als dass man nicht noch heiraten könnte.

Oder irrte er sich, war doch alles ganz anders? Redete er sich das ein? War das alles Unsinn? Nein, so musste es sein, schließlich war ihr Mann schon zwei Jahre tot und nie hatte sie darüber gesprochen, einen anderen Mann ins Haus zu holen.

Ja, so musste es sein, da war Hieronymus sich auf einmal ganz sicher. Die Bäuerin hatte darauf gewartet, dass er ihr einen Heiratsantrag stellen würde. Und nun kommt alles plötzlich ganz anders. Der Mann, auf den sie gewartet hatte, hält plötzlich um die Hand ihrer Tochter an! Wie hart muss sie das getroffen haben! Jetzt konnte Hieronymus sie verstehen. Aber was für eine verfahrene Sache! Wie sollte man dieses Problem nur lösen? Wenn sie doch noch einwilligte, dass er Margarete heiratete, müssten sie weiterhin alle drei unter einem Dach leben. Wie könnte das gutgehen? Hieronymus wand sich und fand keine befriedigende Lösung.

Dann fiel ihm ein, dass er einst bei seinem ersten Bauern auf dem Bergkramerhof in Leoben einmal dazukam, als der Bauer sich lauthals mit seiner Frau stritt. Es war ihm peinlich gewesen und am liebsten hätte er sich unsichtbar gemacht, doch der Bauer hatte ihn aufgefordert zu bleiben.

„Sieh mal Hieronymus, ich habe eine liebe Frau und ich hab sie sehr gern, aber ab und zu muss man den Frauen einmal sagen, wo es lang geht, sonst tanzen sie dir auf der Nase herum", hatte der alte Bauer ihm mit auf den Weg gegeben.

War das die Lösung? Sollte er einfach mal hart durchgreifen und der Bäuerin den Marsch blasen? „Ein Gewitter reinigt die Luft", hieß es im Volksmund, vielleicht war das der richtige Weg!

Je länger er überlegte, umso sicherer war er, dass er so verfahren müsse. Eine andere Lösung fiel ihm ohnehin nicht ein.

Er sprang von seiner Futterkiste und ging in den Flett, fest entschlossen, jetzt reinen Tisch zu machen.

Die beiden Frauen saßen noch immer am Tisch. Zum Glück hatten sie aufgehört zu weinen.

Was sie in der Zwischenzeit miteinander besprochen hatten, wusste Hieronymus nicht. Er setzte sich auf die Bank neben Margarete, die auch gleich dicht an ihn heranrückte.

Dann begann er erstaunlich ruhig und mit fester Stimme zu reden: „Also, Bäuerin, ich werde Margarete heiraten, egal, ob du uns deinen Segen gibst oder nicht. Es gibt zwei Möglichkeiten. Erstens: Solltest du weiterhin deine Zustimmung verweigern, verlasse ich jetzt dieses Haus und komme zurück, wenn Margarete einundzwanzig Jahre alt ist. Dann ist sie volljährig und kann selbst entscheiden, was sie machen will.

Ich werde sie an ihrem einundzwanzigsten Geburtstag abholen und mit ihr nach Hamburg gehen. Dort besteigen wir ein Schiff und fahren nach Amerika. Und Amerika ist weit weg, das glaube mir, dann wirst du deine Tochter niemals wiedersehen!"

Die Bäuerin schrie auf: „Meine einzige Tochter! Nach Amerika? Nein! Margarete, du wirst doch wohl nicht mit diesem Mann nach Amerika gehen?"

„Doch Mutter, das werde ich! Es ist mir egal, wohin Hieronymus geht, und wenn es ans Ende der Welt ist, ich werde immer mit ihm gehen", antwortete Margarete selbstbewusst und ließ keinen Zweifel an ihrer Entschlossenheit.

„Aber Kind, du wirst doch nicht einen Knecht heiraten? Sieh doch nur, schon dein Vater hat den Sohn vom Blohmshof aus Kleinau für dich ausgesucht. Ein angesehener Bauernsohn von einem großen Hof. Den kannst du heiraten, dann ist deine Zukunft gesichert", versuchte es die Bäuerin.

„Donnerwetter", dachte Hieronymus, „so schnell gibt die aber nicht auf, und mit der Andeutung, dass schon der geliebte Vater den Bräutigam ausgesucht hatte, traf sie bei Margarete auf den richtigen Nerv!"

Die aber antwortete wieder ruhig und fest: „Doch Mutter, das werde ich! Ich werde diesen Knecht heiraten. Egal, und wenn er arm ist wie eine Kirchenmaus!"

Jetzt sah die Bäuerin ihre Felle wohl davonschwimmen und sie fing wieder an zu weinen.

Hieronymus ergriff erneut das Wort: „Weinen hilft hier gar nichts! Die zweite Möglichkeit ist, dass du uns deinen Segen gibst. Dann gehen wir morgen zum Pastor und bestellen das Aufgebot. Wenn alles glatt läuft, können wir noch vor Weihnachten Hochzeit feiern!"

„Aber Hieronymus, du weißt, dass ich dich sehr schätze", lenkte die Bäuerin ein wenig ein, „aber wie soll das gehen, du bist ein Knecht und bringst nichts mit in die Aussteuer! Margarete muss einen Bauernsohn heiraten, der eine ordentliche Abfindung mitbringt. Wir müssen ja auch an den Hof denken!"

„Aha", dachte Hieronymus, „daher weht also der Wind!" Dann ergriff er wieder das Wort: „Bäuerin, ich bin Knecht, weil ich es so wollte. Ich komme aus einer angesehenen Kaufmannsfamilie aus Leoben in der Steiermark. Meine Eltern betreiben dort einen gutgehenden Tuchhandel. Ich wollte nicht jeden Tag im dunklen Verkaufsraum stehen und Stoffe verkaufen. Deshalb bin ich Knecht geworden. Meine Eltern wollten mir eines Tages einen Hof kaufen, damit ich einmal ein richtiger Bauer werde."

„Leider ist daraus nichts geworden, weil ich wegen meines Glaubens, an dem ich standhaft festhalte, meine Heimat verlassen musste, wie du ja weißt", fuhr er fort: „Ich habe Lesen und Schreiben ebenso gelernt wie Geometrie und andere Fächer. Die Bauern hier in Gerdesburg wissen meine Kenntnisse zu schätzen und ich habe schon für den einen oder anderen einen Brief verfasst, wenn sie nicht zum Amtsvogt wollten, damit der nicht erfuhr, was sie berichteten."

„Und um die Abfindung mache dir mal keine Gedanken, geh mal bitte hin und hole mir ein scharfes Messer", bat er die verdutzt dreinschauende Bäuerin.

Die tat, wie ihr geheißen und holte ein Messer, während Hieronymus sein Hemd aufknöpfte und einen zugenähten Brustbeutel hervorzog, den er behutsam vor sich auf den Tisch legte.

„Diesen Brustbeutel hat mir meine Mutter gegeben, als sie mich vor den Schergen des Erzherzogs warnte und zur Flucht riet. Ich solle ihn gut aufbewahren und ihn wieder mitbringen, wenn ich zurück nach Leoben komme. Nur im äußersten Notfall sollte ich ihn öffnen und mir mit seinem Inhalt eine neue Existenz aufbauen. Dieser Notfall ist jetzt eingetreten. Ich hoffe, ich werde dich damit überzeugen, dass du mir deine einzige Tochter zur Frau gibst", wandte Hieronymus sich erneut an die Bäuerin.

„Ich weiß, dass meine Mutter es genauso sehen würde, dass es der größte Notfall wäre, der eintreten könnte, wenn ich die Frau, die ich so sehr liebe, nicht bekommen würde", sagte Hieronymus und appellierte damit an die Muttergefühle der Bäuerin. Dann nahm er das Messer und öffnete den Brustbeutel.

Heraus fielen lauter Gold- und Silberstücke, Dukaten und Reichsthaler. Wieviel Thaler es genau sein würden wusste keiner, weil niemand den genauen Umrechnungskurs in Thaler kannte. Es müssten aber weit über tausend Thaler sein, da war man sich sicher.

„So, Bäuerin, das ist meine Abfindung. Es ist sicherlich mehr als dein Bauernsohn vom Blohmshof mitgebracht hätte", erklärte Hieronymus fast ein wenig zynisch und fragte dann: „Ich bitte dich nochmals um die Hand deiner Tochter und frage dich, willst du uns deinen Segen geben, dann gehe ich morgen zum Pastor und bestelle das Aufgebot, übermorgen fahre ich mit den beiden Rappen vor der Kutsche nach Hamburg zum Geldwechsler und lasse die Gulden und Reichsthaler in Thaler wechseln. Solltest du mir deine Tochter nicht anvertrauen, werde ich gehen und in drei Jahren zurückkommen, um sie dann zu heiraten und mit mir nach Amerika zu nehmen!"

Jetzt war alles gesagt, Margarete und Hieronymus warteten nun gespannt auf die Antwort der Bäuerin.

Die fing wieder an zu weinen. Hieronymus wusste nicht, warum sie weinte. War es die Freude darüber, dass ihre Tochter einen würdigen Bräutigam hatte? War es Trauer darüber, dass nicht sie, sondern ihre Tochter einen Mann fürs Leben gefunden hatte? Oder war es die Wut darüber, dass sie sich hatte geschlagen geben müssen?

Es dauerte eine Weile, bis die Bäuerin sich wieder gefangen hatte. Dann sagte sie, immer noch mit Tränen in den Augen und brüchiger Stimme: „In Ordnung, einverstanden. Hieronymus, du hast gewonnen. Nimm meine Tochter zur Frau und mache sie glücklich! Sorge für sie und stehe ihr immer zur Seite! Möge Gott euch eine lange glückliche Ehe bescheren! Meinen Segen habt ihr!"

Erleichtert atmete Hieronymus auf und dachte: „Da hat doch der alte Bauer vom Bergkramerhof in Leoben wieder einmal Recht gehabt. Man muss den Frauen einmal sagen, wo es lang geht. Obwohl, die Geschichte, dass er Margarete entführen und mit ihr nach Amerika gehen wollte, das hatte er ernsthaft gar nicht vorgehabt. Der Bäuerin aber hatte er damit ganz schön Angst gemacht. Wer weiß, wie sie entschieden hätte, wenn ihm dieses Argument als Druckmittel nicht eingefallen wäre."

Margarete, die solange abseits gestanden hatte und erwartungsvoll auf die Antwort der Mutter gewartet hatte, fiel dieser nun schluchzend um den Hals. Beide weinten.

Hieronymus wusste wieder nicht, warum sie weinten. Schließlich war alles so gekommen, wie er es Margarete versprochen hatte: Alles war gut! Trotzdem weinten sie.

Wie soll da ein Mann nur die Frauen verstehen ...?

Sechstes Kapitel

Es war ein wunderschöner Herbstmorgen. Der Himmel erstrahlte in leuchtendem Blau, die Sonne lachte herab und vertrieb die aufsteigende Kühle des nahenden Herbstes. Das erste Laub der Bäume färbte sich in prachtvollem Rot und Gelb. Der Dorfbrunnen plätscherte leise vor sich hin, kein Lüftchen regte sich. Ein paar Bienen summten um die Blüten der Herbstblumen und trugen den letzten Honig zusammen. Es war, als würde die ganze Welt sich freuen, dass Margarete und Hieronymus nun endlich zueinander gefunden hatten.

Der Pastor saß an seinem großen Schreibtisch aus massiver Eiche und arbeitete an seiner Predigt für den nächsten Sonntag. Es war der Erntedanksonntag und da würden wieder viele Leute in die Kirche kommen, die eigentlich viel zu klein geworden war. Ein paar Kötner waren in Gerdesburg dazugekommen und auch in den Nachbardörfern, die zum Kirchspiel Gerdesburg gehörten, kamen jedes Jahr neue Einwohner hinzu.

Er müsste wohl die Kirchentür offen lassen, damit die, die keinen Platz mehr in der Kirche finden würden, der Predigt auch draußen vor der Tür folgen könnten. Wenn das Wetter so blieb, war das kein Problem.

Der liebe Gott hatte es in diesem Jahr ohnehin mit dem Wetter immer gut gemeint. Der Winter war nicht so eisig kalt gewesen wie in den Jahren davor. Im Frühjahr hatte es genügend geregnet und die Früchte auf den Feldern gut gedeihen lassen. Rechtzeitig zum Beginn der Ernte des Getreides war das Wetter sonnig und trocken geworden, so dass die Ernte gut und ohne Verluste eingefahren werden konnte. Das musste er in seiner Predigt unbedingt erwähnen, noch fehlten ihm dazu allerdings die richtigen Worte.

So saß er an seinem Schreibtisch und überlegte noch, als seine Frau eintrat und sagte: „Die Margarete vom Erlenhof und der Knecht Hieronymus sind gekommen und möchten mit dir sprechen." „Lass sie herein", antwortete der Pastor, schlug die vor ihm liegende Bibel zu und legte das Manuskript für die Predigt, die er am Sonntag halten wollte, zur Seite.

Margarete und Hieronymus traten ein, während der Pastor sie begrüßte: „Guten Morgen Margarete, guten Morgen Hieronymus, schön, euch zu sehen, bitte kommt herein und nehmt Platz!" Er zeigte auf die beiden Binsenstühle, die nebeneinander vor dem Schreibtisch standen. Margarete und Hieronymus setzten sich, der Pastor nahm gegenüber Platz.

„Was führt euch zu mir?", begann er lächelnd das Gespräch. Natürlich wusste er, was die beiden von ihm wollten. Das war nicht schwer zu erraten nach dem Gespräch, das er am vergangenen Sonntag mit Hieronymus geführt hatte. „Was kann ich für euch tun?"

Hieronymus antwortete zögerlich: „Ja, also, ich will die Margarete heiraten!"

„So, so, du willst die Margarete heiraten. Das kommt aber überraschend", antwortete er mit einem vielsagenden Grinsen im Gesicht. „Und Margarete? Will die dich auch heiraten? Zu einer Hochzeit gehören ja immer zwei!"

„Ja, natürlich, die will mich auch", antwortete Hieronymus und Margarete nickte kräftig.

„Und Margaretes Mutter? Was sagt die dazu?", hakte der Pastor nun forschend nach und wartete gespannt auf eine Antwort.

„Ja, äh, die, äh, ja, die war zuerst dagegen, aber jetzt hat sie uns ihren Segen gegeben, deshalb sind wir ja hier", erklärte Hieronymus kleinlaut und hoffte, dass der Pastor nicht weiter nachfragen und nicht auf das Gespräch vom Sonntag zu sprechen kommen würde.

Der aber nickte wissend und sagte dann: „Na, dann ist ja alles gut! Und jetzt wollt ihr das Aufgebot bestellen?"

Margarete und Hieronymus nickten beide.

„Nun gut, dich Margarete kenne ich ja schon lange, schließlich habe ich dich schon getauft. Dich, Hieronymus, kenne ich seit mehr als zwei Jahren. Du hast mir deine Geschichte damals erzählt. Ich habe dich schätzen gelernt als einen gut ausgebildeten und tüchtigen Knecht, als frommen Mann und fleißigen Kirchgänger. Trotzdem muss ich dich fragen, ob du verheiratet bist oder schon einmal verheiratet warst, wie alt du bist, wie dein Vater heißt und welchen Beruf er hat?"

Hieronymus wusste, dass der Pastor diese Fragen stellen musste und antwortete: „Nein, ich bin nicht verheiratet und ich war auch noch niemals verheiratet. Ich bin Junggeselle und wurde 1580 in Leoben in der Steiermark geboren, also bin ich heute siebenundzwanzig Jahre alt. Mein Vater ist Tuchhändler in Leoben, in der Steiermark und heißt Zacharias Köhler."

„Nun gut, euren Werdegang kenne ich ja, dann brauche ich nur noch zu wissen, ob ihr auch Kinder haben und diese im christlichen Glauben erziehen wollt", fragte der Pastor die überraschten Brautleute.

Darüber hatten Margarete und Hieronymus noch gar nicht gesprochen. Das war aber doch selbstverständlich! Also antworteten beide fast gleichzeitig: „Ja, selbstverständlich!"

„Ich habe nichts anderes erwartet", erklärte nun der Pastor, „aber ich musste das fragen! Nun sagt mir nur noch, wann die Hochzeit sein soll! Wie wäre es am Freitag vor dem ersten Advent?"

Margarete und Hieronymus nickten: „Ja, das könnte gut passen, den Termin nehmen wir!"

„In Ordnung, dann werde ich euch am kommenden Sonntag das erste Mal aufbieten. Insgesamt muss ich das dreimal machen, also an den folgenden drei Sonntagen. Es ist ja nicht zu erwarten, dass jemand etwas gegen eure Hochzeit hätte, aber Vorschrift ist Vorschrift, auch für einen Pastor. Und nun geht hin in Frieden, ich muss mir noch Gedanken für meine Predigt am Sonntag machen." Damit stand er auf und reichte zuerst Margarete, dann Hieronymus die Hand zum Abschied.

Margarete und Hieronymus waren glücklich darüber, dass das Gespräch so unkompliziert und harmonisch verlaufen war und gingen den Weg vom Pfarrhaus zurück zum Erlenhof eng aneinandergeschmiegt, obwohl sie noch nicht verheiratet waren. Selbst wenn sie jemand so gesehen hätte, es war ihnen egal …

Am kommenden Sonntag, dem Erntedanktag, war die Kirche, wie erwartet, längst vor dem Beginn des Gottesdienstes bis auf den letzten Platz besetzt. Hieronymus durfte, obwohl er ja jetzt mit Margarete verlobt war, nicht in der ersten Reihe neben seiner Verlobten Platz nehmen. Er blieb deshalb draußen vor der Tür, um älteren Kirchgängern aus den Nachbargemeinden seinen Sitzplatz anzubieten.

Es war draußen ohnehin schöner, die Luft war angenehm warm und hier vor der Tür konnte man bis zum Beginn des Gottesdienstes noch den einen oder anderen Plausch machen.

Die Kirche war festlich geschmückt. In der Mitte hing eine große Erntekrone, geflochten aus Roggenähren und Haferrispen, links und rechts neben dem Altar standen große Weidenkörbe, gefüllt mit allerlei Gartenfrüchten. Am Ende einer jeden Kirchenbank war ein kleiner Strauß aus bunten Herbstblumen befestigt.

Pünktlich begann die Kirchenglocke zu läuten, um auch noch die letzten Gläubigen zur Kirche zu rufen. Dann begann der Pastor mit dem Gottesdienst. Neben Bibellesungen und Gebeten wurden verschiedene Kirchenlieder gesungen.

Dann begann der Pastor mit seiner Predigt. Er hatte sich gut vorbereitet, dankte Gott für das gute Wetter im vergangenen Sommer und die reichliche Ernte. In diesem Jahr brauchte niemand zu hungern, was sonst keinesfalls selbstverständlich war. Er schloss seine Predigt mit den Worten: „Es geht durch unsere Hände, kommt aber her von Gott!"

Nachdem zum Abschluss noch ein gemeinsames Glaubensbekenntnis und ein Vaterunser gebetet wurde, erklärte der Pastor: „Der Gemeinde ist noch folgendes mitzuteilen: Herr Hieronymus Köhler, Bürger und Knecht allhier, ehelicher, jüngster Sohn und Junggeselle des Zacharias Köhler aus Leoben in der Steiermark und die Bürgerin und Haustochter allhier, Margarete Steinke, Jungfrau und eheliche einzige Tochter des Bauern Lutge Steinke, beabsichtigen zu heiraten.

Die Hochzeit soll geschehen am Freitag, den 26. November 1607.

Ich fordere dazu auf, dass derjenige, der etwas dagegen einzusprechen hat, sich beizeiten zu melden, und danach für alle Zeiten stille schweigen soll!"

Ein Raunen ging durch die Reihen, draußen gratulierten die ersten Gottesdienstbesucher Hieronymus zu dessen Verlobung.

Nachdem der Pastor sich von seiner Gemeinde verabschiedet hatte, lenkte er seine Schritte zum Pfarrhaus, wo ihn ein gutes, schmackhaftes Mittagessen erwartete, das seine Frau ihm zubereitet hatte.

Als er am Pfarrhaus ankam, stand bereits der jüngste Sohn vom Blohmhofbauern aus Kleinau, Peter, vor der Tür des Hauses und begrüßte den Pastor schon von weitem: „Herr Pastor, das geht nicht!"

„So? Peter, was geht nicht?", fragte der Pastor überrascht.

„Na, das mit der Margarete und dem Hieronymus. Die Margarete kann den Hieronymus nicht heiraten!"

„Und warum nicht?"

„Weil der Erlenhofbauer die Margarete mir versprochen hat. Das ist zwar schon eine Weile her, aber versprochen ist versprochen! Außerdem kann die Margarete doch nicht so einen blöden Knecht heiraten", ereiferte sich Peter.

„Das mit dem blöden Knecht will ich nun aber nicht gehört haben", fuhr der Pastor dazwischen.

„Na gut", lenkte Peter ein, „aber der hat doch auch nichts auf der Naht. Der Erlenhofbauer meinte, ich müsse schon fünfhundert Thaler Mitgift mitbringen. Woher will ein Knecht fünfhundert Thaler haben?"

„Und hast du die fünfhundert Thaler", fragte der Pastor, „und hast du Margarete überhaupt schon gefragt, ob sie dich will?"

„Nein, Margarete habe ich noch nicht gefragt", gab Peter nun kleinlaut bei, „aber die fünfhundert Thaler hat mein Vater mir zugesagt."

„Pastor, das geht nicht! Margarete kann den Hieronymus nicht heiraten! Das müssen Sie verhindern! Ich gehe sonst zum Herzog oder zum Bischof nach Verden", schimpfte Peter nun trotzig.

„Nun gut, dann geh du zum Bischof nach Verden, ich gehe jetzt ins Pfarrhaus zum Essen", sagte der Pastor, wandte sich dann zum Pfarrhaus und ließ Peter stehen, der noch weiter schimpfte und ein paar Flüche von sich gab.

Wegen der Flüche würde der Pastor ihn sich noch einmal vornehmen, dachte dieser, jetzt aber war erst einmal Zeit zum Mittagessen.

Natürlich konnte der Pastor die Einwände von Peter nicht einfach ignorieren, das wusste er. Deshalb begab er sich gleich nach dem Essen und einer kleinen wohlverdienten Mittagspause auf den Weg zum Erlenhof. Das Problem mit dem Peter vom Blohmhof wollte er nicht auf die lange Bank schieben. Das musste sofort geklärt werden!

Die Erlenhofbäuerin, die auf dem großen Lehnstuhl ein wenig eingenickt war, wunderte sich nicht schlecht, als sie am frühen Nachmittag Besuch vom Pastor bekam. Und das am Sonntag. Was hatte das denn zu bedeuten? Wollte er schon wieder eine Spende für seine marode Kirche? Oder hatte er nicht genug zu essen bekommen? Sollte sie ihm etwas anbieten?

Der Pastor aber kam gleich zur Sache.

„Bäuerin, wir müssen eine unangenehme Sache klären", begann er, „der Peter vom Blohmhof aus Kleinau war bei mir. Du kennst ihn?" Die Bäuerin nickte. „Er behauptet, dein verstorbener Mann, Gott habe ihn selig, habe ihm, dem Peter, eure Tochter Margarete zur Frau versprochen!"

Die Bäuerin wurde blass. Jegliche Müdigkeit war wie weggeblasen. Margarete schlug vor Schreck die Hände vors Gesicht und Hieronymus erstarrte.

„Ist das möglich", fuhr der Pastor fort, „weißt du davon? Hat dein Mann mit dir darüber gesprochen? Hat er Peter eure Margarete zur Frau versprochen?"

Die Bäuerin überlegte: „Wir haben einmal darüber gesprochen, dass der Peter vom Blohmhof vielleicht ein brauchbarer Mann für Margarete sein könnte, mehr nicht. Ich weiß nicht, ob mein Mann vielleicht einmal mit Peter darüber gesprochen hat. Aber zugesagt hat er nichts! Ganz bestimmt nicht! Das hätte er mir erzählt! Und außerdem hätte er es niemals gemacht, ohne mit Margarete vorher darüber zu sprechen! Nein, das hat der Peter sich ausgedacht! Da bin ich mir ganz sicher!"

Jetzt meldete sich auch Margarete zu Wort: „Mein Vater hat niemals mit mir darüber gesprochen! Und den Peter würde ich sowieso nicht nehmen! Niemals! Auf gar keinen Fall! Lieber würde ich sterben!"

„Na, na, so leicht stirbt sich das aber nicht. Außerdem liegt es allein in Gottes Hand, wann du stirbst, und merke dir, damit macht man keine Scherze", ermahnte der Pastor Margarete und die senkte den Blick schuldbewusst nach unten.

„Also gut", sagte der Pastor nachdenklich, „ich werde mir den Peter noch einmal vornehmen und ihn fragen, ob es irgendwelche Zeugen für seine Behauptung, dass der Erlenhofbauer ihm seine Tochter Margarete zur Frau versprochen habe, gibt. Sollte er tatsächlich einen Zeugen haben, der das bestätigt, sieht es allerdings schlecht aus, dann kann ich euch nicht trauen und die Hochzeit fällt aus. Mal sehen, was das Gespräch bringt!"

Dann verabschiedete er sich und so schnell wie er gekommen war, war er auch wieder verschwunden.

Die Gesichtsfarbe der Bäuerin hatte sich in kürzester Zeit verändert. Sie war jetzt feuerrot im Gesicht und man sah den sprühenden Zorn in ihren Augen.

Kaum dass der Pastor das Haus verlassen hatte, fuhr sie Hieronymus barsch an: „Los, Hieronymus, spann sofort die Pferde vor die Kutsche! Wir fahren nach Kleinau! Auf der Stelle!

Den Peter nehme ich mir vor! Der kann was erleben! Was bildet der sich ein! Und sich dann auch noch auf meinen toten Mann zu berufen! Na warte, Peter, wir kommen!"

Hieronymus ging in den Stall und schirrte die Pferde auf. Kaum dass er damit begonnen hatte, stand die Bäuerin schon hinter ihm und drängte: „Los, Hieronymus, beeil dich! Wir müssen los! Ich will das geklärt haben! Sofort!"

Hieronymus beeilte sich, spannte die Pferde vor die Kutsche, und kaum, dass er, Margarete und die Bäuerin Platz genommen hatten, ging es los, in vollem Galopp Richtung Kleinau.

Die beiden Rappen kamen schnell ins Schwitzen. Sie waren zwar schwere Arbeit gewohnt, aber im vollen Galopp eine Kutsche ziehen, das war neu für sie. Galoppiert waren sie bisher nur, wenn sie auf die Weide kamen, und dann auch nur für ein paar Sprünge.

Es dauerte nicht lange und sie hatten den Blohmhof in Kleinau erreicht. Kaum dass die Pferde standen, sprang die Bäuerin von der Kutsche und ging schnellen Schrittes zur Haustür des ansehnlichen Bauernhauses. Margarete und Hieronymus folgten ihr.

Sie riss, ohne zu klopfen, die Tür auf und als der verblüffte Blohmhofbauer sie mit den Worten begrüßte: „Hallo, guten Tag, Erlenhofbäuerin, was führt dich denn am heiligen Sonntagnachmittag zu mir?", blaffte sie ihn nur an: „Wo ist dein Peter? Ich will deinen Peter sprechen! Hol ihn her! Auf der Stelle!"

Der Blohmhofbauer, ein ruhiger und besonnener Mann, wusste nicht, wie ihm geschah, rief dann aber sogleich seinen Sohn und wartete darauf, was nun wohl passieren würde. Was die Erlenhofbäuerin wohl von seinem Sohn wollte?

Kaum dass Peter den Raum betreten hatte, fuhr ihn die Bäuerin an: „Was fällt dir ein? Was hast du dem Pastor heute Morgen erzählt? Mein toter Mann, Gott habe ihn selig, hätte dir unsere Tochter Margarete zur Frau versprochen? Und dann führst du meinen geliebten, toten Mann auch noch als Zeugen an? Schämst du dich gar nicht?"

Gleichzeitig mit dieser Frage holte sie weit aus und schlug Peter, noch ehe dieser antworten konnte, mit aller Kraft mit der flachen Hand ins Gesicht, dass es nur so knallte.

Der Blohmhofbauer zuckte zusammen, unternahm aber nichts und schaute nur erstaunt.

Peter wich nicht zurück, verteidigte sich aber auch nicht, schaute nur verdutzt drein und rieb sich die Wange.

„Und dann hast du Margarete noch nicht einmal gefragt, ob sie dich überhaupt will! Und mich hast du gar nicht gefragt. Ich bin ihre Mutter und noch entscheide ich, wen sie heiratet. Und das bist nicht du", fuhr die Bäuerin laut und deutlich fort und mit dem letzten Wort holte sie mit der anderen Hand aus und schlug Peter erneut mit voller Wucht ins Gesicht. Diesmal von der anderen Seite.

Wieder zuckte der Blohmhofbauer zusammen, unternahm aber wieder nichts. Vielleicht war er ganz froh, dass mal jemand seinem aufmüpfigen Sohn so richtig die Leviten las.

Die Bäuerin war aber noch nicht fertig und bestimmte: „Morgen früh gehst du zum Pastor und entschuldigst dich. Ich werde ihn morgen Mittag fragen, ob du da warst. Und wehe dir du warst nicht da! Dann lernst du mich erst richtig kennen", damit gab sie ihm einen dritten und letzten Schlag ins Gesicht und wandte sich dann an den Vater: „Du solltest ihm öfter mal sagen, wo es lang geht, dann kommt er nicht auf dumme Gedanken! Du weißt ja, wenn du den Pferden zu viel Hafer gibst, schlagen sie über die Stränge! Und nun mach's gut mein Lieber, bis bald!"

„Kommt Margarete und Hieronymus, wir gehen, hier gibt es nichts mehr zu tun", sagte sie ruhig und gelassen zu den beiden, die dem Geschehen staunend und ohne ein Wort zu sagen zugesehen hatten, dann verließen sie gemeinsam den Blohmhof.

Auf der Rückfahrt sah man der Bäuerin an, dass sie zufrieden war. Sie konnte ihre Gefühle niemals verbergen. Wer sie ansah, wusste, was in ihr vorging.

Vorsichtig fragte Hieronymus: „Bäuerin, woher hast du diese Kraft und Entschlossenheit genommen?"

Die Bäuerin lächelte und antwortete: „Hieronymus, ich bin eine Mutter, und eine Mutter weiß, was zu tun ist, wenn ihre einzige Tochter in Gefahr ist!"

Am nächsten Morgen erschien schon gleich nach dem Frühstück der Pastor auf dem Erlenhof. Die Bäuerin begrüßte ihn und fragte mit gespielter Unschuldsmine, so, als habe sie keine Ahnung, was der Pastor heute schon wieder von ihr wolle: „Guten Morgen, Pastor, was treibt Sie am frühen Montagmorgen auf den Erlenhof?"

„Eine gute Nachricht, meine Liebe, eine sehr gute Nachricht", antwortete der, „Ich weiß nicht, was in den Peter vom

Blohmhof gefahren ist, jedenfalls war der heute Morgen schon in aller Frühe bei mir im Pfarrhaus und hat seine Aussage von gestern widerrufen. Er hat sich mehrfach für sein Verhalten entschuldigt. Ich verstehe das nicht. Ich kenne ihn sonst ganz anders! Aber egal, der Hochzeit zwischen Margarete und Hieronymus steht nun wohl nichts mehr im Wege. Das wollte ich euch nur mitteilen."

Die Bäuerin lächelte und sagte dann: „Das ist ja mal eine gute Nachricht. Aber was hat denn den Peter dazu bewogen, seine Behauptung zurückzuziehen und sich sogar zu entschuldigen?", fragte sie, so, als wisse sie von nichts.

Der Pastor zuckte mit den Schultern und meinte dann: „Da wird der liebe Gott ihm wohl ein wenig ins Gewissen geredet haben!"

Nachdem der Pastor gegangen war, bat die Bäuerin Margarete und Hieronymus zu sich an den Tisch. „So, das Problem hätten wir gelöst", begann sie, „jetzt gilt es, die Hochzeit vorzubereiten. Es soll das schönste Fest werden, das jemals auf dem Erlenhof gefeiert wurde!"

„Last uns einmal überlegen, was alles zu tun ist. Du, Margarete, brauchst eine neue Haube für deine Tracht. Deine Tracht ist so gut wie neu und du kannst sie zur Hochzeit tragen. Du, Hieronymus, brauchst allerdings eine ganz neue Tracht. Du kannst ja schlecht meine Margarete in deinen Arbeitsklamotten heiraten!"

Hieronymus fragte vorsichtig: „Ja, daran habe ich auch schon gedacht. Aber wäre es nicht möglich, dass ich die Tracht deines verstorbenen Mannes bekomme? Es wäre mir eine sehr große Ehre. Ich weiß nicht, wie du dazu stehst, aber ich glaube, wenn er herabschaut, würde er sich freuen."

Die Bäuerin überlegte einen Moment und meinte dann: „Ja, das glaube ich auch, dann begleitet ein Teil von ihm seine Tochter zur Kirche. Ein guter Vorschlag. So machen wir es. Die Tracht müsste vielleicht noch ein wenig geändert werden, aber so ungefähr hast du seine Größe. Ich werde morgen den Schneider bitten, Maß zu nehmen und die Tracht für dich passend zu machen."

„Wie sieht es bei dir mit dem Tanzen aus?", fragte die Bäuerin Hieronymus, „ihr habt doch in der Steiermark sicherlich andere Tänze als wir. Kannst du einen Achterüm oder eine Geestländer Quadrille tanzen? Oder kannst du ein Fenster mit vielen Personen tanzen? Oder einen Siebensprung? Oder eine Mühle oder eine Handtour? Oder eine Kette oder einen Walgen?"

Hieronymus schüttelte jedes Mal den Kopf, woraufhin die Bäuerin meinte: „Nun gut, dann wird es Zeit, dass du es lernst! Du kannst ja nicht auf deiner eigenen Hochzeit dasitzen und zuschauen, wenn die anderen tanzen. Du musst alle Tänze mitmachen. Morgen geht es los. Ich werde einen Musiker besorgen, der jeden Tag nach Feierabend zu uns kommt und dir das Tanzen beibringt. Leute sind wir ja genug, die mit dir tanzen können. Sonst kommen die Mägde von den Nachbarn auch gerne und wir tanzen gemeinsam."

„Du wirst sehen, bis zu deiner Hochzeit kannst du alle erforderlichen Schritte tanzen. Es sind ja nicht viele. Du musst nur den Dreitritt, den Galopptritt, den Geleschritt, den Gleitschritt, den Rückschritt, den Hüpfschritt, den Nachstellschritt, den Tupftritt und den Achterum lernen. Alles ganz einfach! Du machst das schon", lachte die Bäuerin.

„Dann brauchen wir noch einen Hochzeitsbitter. Du solltest mal den Hagemann fragen, der macht das ganz gut und der hat das Geld, das er von den geladenen Gästen bekommt, nötig. Sein Hausbau vor zwei Jahren war wohl doch teurer, als er gedacht hatte. Hieronymus, das übernimmst du", bestimmte die Bäuerin, „außerdem kümmerst du dich um die Musik! Sei nicht zu kniggerig, bestelle lieber einen Musiker mehr, wir wollen tüchtig tanzen."

„Ordentlich essen wollen wir natürlich auch. Nur gut, dass ich letzte Woche dem Viehhändler das Schwein nicht verkauft habe. Er wollte nicht genug Geld ausgeben. Jetzt werden wir es selbst schlachten. Du, Hieronymus, kümmerst dich um den Hausschlachter. Er soll eine Woche vor der Hochzeit kommen, dann ist es hoffentlich schon kühl genug, dass das Fleisch gut durchkühlt, bevor es verarbeitet wird. Wie er das Schwein zerlegen und welche Wurst er machen soll, werde ich ihm sagen. Bis dahin weiß ich, welches Essen wir bereiten werden. Die Gänse werden bis dahin auch so weit sein, dass wir ein paar davon schlachten können. Wenn wir dann noch ein Rind und eine Heidschnucke schlachten, dürfte das reichen. Mit dem Amtsvogt werde ich sprechen, der soll uns ein Reh und ein paar Hasen zum Abschuss freigeben, damit wir auch Wildbret anzubieten haben", fuhr die Bäuerin fort und bestimmte zum Schluss: „Du, Hieronymus kümmerst dich darum, dass genügend Bier und Branntwein da ist!"

Siebtes Kapitel

Hieronymus hatte nicht damit gerechnet, dass es so viel zu bedenken und vorzubereiten gab, um eine Hochzeit zu feiern. Aber die Bäuerin hatte ja gesagt, es sollte das größte Fest werden, das jemals auf dem Erlenhof gefeiert wurde. Und da eine Hochzeitsfeier in der Regel fünf Tage dauerte, musste man sich schon etwas einfallen lassen.

Zuerst gab es das Problem, dass Hieronymus noch die vielen Tänze erlernen musste, die die Bäuerin aufgezählt hatte. Dafür brauchte er nicht nur Tanzpartnerinnen, sondern auch Musik. Jeden Abend würde er üben müssen und folglich brauchte er auch jeden Abend einen Musiker. „Ich werde es einmal beim Hagemann versuchen", dachte er, „ich habe schon öfter gehört, dass er ein lustiger Mann sei und mit seiner Fidel ordentlich Musik machen könne."

Kurz entschlossen machte er sich auf den Weg zum Hagemann. Der war keineswegs überrascht, als Hieronymus ins Haus trat. „Guten Morgen Hieronymus", begrüßte Hagemann ihn, „ich kann mir schon denken, was du von mir willst, du möchtest, dass ich bei dir auf der Hochzeit Musik mache!"

Hieronymus nickte: „Aber nicht nur das, die Bäuerin meint, ich müsse bis zur Hochzeit auch noch alle Tänze erlernen, die ihr hier so in der Heide tanzt. Das sind ja einige. Jetzt brauche ich einen Musiker, der jeden Abend zu uns auf den Erlenhof kommt und Musik macht, um mir das Tanzen beizubringen."

„Ach, und dabei hast du an mich gedacht?", fragte Hagemann. „Ja, die Leute im Dorf meinten, du könntest so gut Fidel spielen und da dachte ich, du wärest der richtige Mann für diese Aufgabe", antwortete Hieronymus.

„Ja, mein Lieber, das ehrt mich, ich würde das auch gerne machen, aber es geht nicht. Meine Fidel ist bei dem Brand meines Hauses verbrannt und Geld, um mir eine neue zu kaufen, habe ich nicht. Ich brauchte alles, was ich hatte, für den Wiederaufbau. Er ist teurer geworden als ich gedacht hatte, tut mir leid", bedauerte Hagemann.

„Ich habe davon gehört", entgegnete nun Hieronymus, „Aber in Harburg gibt es einen Geigenbauer. Der soll sehr schöne Geigen haben. Ich habe dir das Geld für eine neue Fidel mitgebracht. Geh morgen nach Harburg und hole dir eine neue Fidel. Suche dir eine aus, die dir am besten gefällt, schließlich gehört zu einem guten Tanz auch eine gute Musik!" Damit reichte er Hagemann ein paar Thaler. Was du nicht für die Fidel brauchst, nimm als Anzahlung für deinen Tanzunterricht", fuhr er fort.

„Ach ja, und einen Hochzeitsbitter brauche ich auch noch. Dabei habe ich auch an dich gedacht. Würdest du es machen?", fragte Hieronymus den erstaunten Hagemann.

Der wusste gar nicht, wie ihm geschah, griff hastig nach dem Geld, bevor Hieronymus sich das vielleicht doch noch anders überlegen konnte und antwortete: „Natürlich mache ich das. Ich mache mich morgen in aller Herrgottsfrühe auf den Weg nach Harburg zum Geigenbauer. Morgen Abend um sechs bin ich bei euch auf dem Erlenhof und dann sollst du mal sehen, wie die Röcke fliegen! Bis zu deiner Hochzeit mache ich den besten Tänzer von ganz Gerdesburg aus dir", ergänzte er freudestrahlend.

„Das war doch schon mal ein guter Anfang", dachte Hieronymus und ging zufrieden zurück zum Erlenhof.

Dort warteten bereits die Bäuerin und ein ihm bis dahin unbekannter kleiner schmächtiger Mann mit einem lustig aussehenden Spitzbart auf ihn. „Hieronymus, wo bleibst du denn so lange?", empfing ihn die Bäuerin ein wenig entrüstet, „ich hab den Schneider aus Bohlenbüttel kommen lassen, damit er die Tracht meines Mannes für dich passend macht."

Hieronymus reichte dem Fremden die Hand und begrüßte ihn freundlich: „Guten Tag, ich bin Hieronymus Köhler, es tut mir leid, dass Sie warten mussten, aber ich wusste nicht, dass ich hier gebraucht werde."

„Macht nichts", antwortete der Schneider mit einer hohen, schrillen Stimme, „die Bäuerin hat mir einen schmackhaften

Kräutertee bereitet und ich habe mich gut mit ihr unterhalten. Ich habe gehört, dass Sie mit Margarete verlobt sind, herzlichen Glückwunsch! Nun aber zur Sache! Ich soll diese Tracht für Sie passend machen. Na, denn mal zu, rein in die Klamotten, damit ich sehe, was zu ändern ist!"

Vor ihnen lag eine wunderschöne Tracht auf dem Tisch, ein dunkelgrauer Tuch-Gehrock mit dreißig Knöpfen aus Silber, eine lange Weste, Camisol genannt, aus rotem Stoff mit zweiundvierzig platten Silberknöpfen, eine helle, lederne Kniebundhose mit Silberschnallen, dazu weiße, gestrickte Wollstrümpfe und schwarze Lederschuhe, ebenfalls mit Silberschnallen. Außerdem lag da noch ein großer schwarzer ungeschlitzter Hut neben der Kleidung. Hieronymus war begeistert.

Ohne zu zögern, griff er zuerst nach dem Hut und setzte ihn sich auf den Kopf. Der passte wie angegossen. Die Bäuerin dachte dabei an ihren verstorbenen Mann und lächelte gedankenversunken.

Dann zog er die Tracht an. Alles war ein wenig zu groß, stand ihm aber prächtig. „Das ist kein Problem", meinte der Schneider, „umgekehrt wäre es schwieriger. Wir werden überall ein paar Nähte abnähen, dann passt alles. Oder die Bäuerin gibt dir mehr zu essen, dann bist du bis zur Hochzeit hineingewachsen", fügte er scherzhaft und lachend hinzu.

Damit war auch gleich das lästige „Sie" beendet, mit dem vertrauten „Du" kam man viel besser zurecht.

Jetzt begann er an allen möglichen Stellen zu ziehen und zu zupfen, nahm dann seine Kreide und zog damit ein paar Striche entlang der Nähte. Dann wurde gemessen. Armlänge, Bauchumfang, Brustumfang, Schrittlänge und alles, was gebraucht wurde, um eine perfekt sitzende Tracht zu nähen. Der Schneider notierte alle Maße mit einem Griffel auf seiner Schiefertafel und verabschiedete sich dann: „Auf Wiedersehen bis nächste Woche, ich komme dann zur Anprobe!" Damit nahm er die Tracht unter den Arm und verschwand in Richtung Bohlenbüttel.

Hieronymus wollte noch die Schuhe anprobieren, die waren aber viel zu klein. „Das kommt wohl davon, dass du als Kind zu viel in den Bergen herumgelaufen bist", scherzte die Bäuerin, „Da müssen wir noch zum Schuster. Hoffentlich hat der ausreichend Leder für deine großen Füße!" Jetzt musste auch Hieronymus lachen.

Am nächsten Abend kam, wie abgesprochen, Hagemann pünktlich um sechs mit strahlendem Gesicht und einer neuen Fidel unterm Arm zum Erlenhof, um Hieronymus die Tänze beizubringen, die auf seiner bevorstehenden Hochzeit getanzt würden.

Zuerst aber musste er seine neue Fidel zeigen. Seine Begeisterung war riesig, so ein feines Instrument hatte er noch nie besessen. Voller Stolz begann er ein paar Lieder darauf zu spielen. Hieronymus wunderte sich, dass ihm das so einwandfrei gelang, hatte Hagemann doch zwei Jahre keine Fidel besessen und deshalb das Spielen auch nicht üben können.

Dann aber legte Hagemann das neue Instrument an die Seite und sagte: „So, mein lieber Hieronymus, jetzt wird es ernst." Damit stellte er sich neben Hieronymus und begann, ihm die einzelnen Schritte, die für jeden Tanz gebraucht wurden, zu erklären.

Er begann mit dem Gleichschritt. Das war ganz einfach. Dann folgte der Dreitritt, auch noch einfach, beim Nachstellschritt wurde es schon schwieriger. „Die einzelnen Schritte werde ich wohl schnell lernen", dachte Hieronymus, „aber wann ich welchen Schritt anwenden muss, das zu lernen, könnte wohl noch schwierig werden!"

Nach der ersten Übungsstunde gab Hieronymus erschöpft auf. „So, das reicht, mehr kann ich heute nicht aufnehmen, lasst uns nächste Woche weitermachen", bat Hieronymus, doch Hagemann hatte da ganz andere Vorstellungen.

„Bis zum nächsten Mittwoch wirst du brav jeden Abend die Schritte üben! Die Bäuerin und Margarete kennen sie ja alle und werden dir mit Rat und Tat zur Seite stehen! Und zum nächsten Mittwoch ladet ihr alle Mägde und Knechte des Dorfes ein, die sollen ihren Kökschenabend mal auf dem Erlenhof abhalten und nicht am Dorfbrunnen, dann kommen sie auch nicht auf dumme Gedanken! Ich werde mal den Hans vom Bahlshof fragen, ob der uns nicht mit seiner Teufelsgeige beim Musizieren unterstützen kann", meinte Hagemann.

Hieronymus erschrak! Ein Musiker mit einer Teufelsgeige? Das ging ja wohl nicht mit rechten Dingen zu! Der Teufel kam ihm hier aber nicht auf den Hof! Auf gar keinen Fall!

Doch noch bevor er etwas sagen konnte, erklärte Hagemann: „Keine Angst Hieronymus, eine Teufelsgeige hat nichts mit dem Teufel zu tun, im Gegenteil, man kann den Teufel vielleicht damit vertreiben!" Er lachte: „Nein, nein, man nennt das Instrument auch Bumbass, aber Teufelsgeige hört sich interessanter an, es wird im Takt geschlagen und du wirst sehen, damit fällt es dir viel leichter, die richtigen Schritte zu tanzen."

Hieronymus war beruhigt. „Na, wenn das so ist, dann soll er den Hans gerne mitbringen."

Am Mittwochvormittag erschien der Schneider gutgelaunt mit der geänderten Tracht unter dem Arm. „Anprobe!", rief er mit seiner hellen schrillen Stimme, kaum, dass er das Haus betreten hatte. „Wollen wir doch mal sehen, ob der Schneidermeister gute Arbeit geleistet hat und aus dem Knecht vom Erlenhof einen gutaussehenden Bräutigam macht", lachte er schallend, „Hieronymus, komm her, zieh diese wunderbare Tracht einmal an!"

Hieronymus folgte der Aufforderung und zog die geänderte Tracht an. Alles passte wie angegossen. Er war begeistert. So konnte er zur Hochzeit gehen! Alle würden ihn um diese schöne Tracht beneiden.

Auch die Bäuerin stand bewundernd daneben und nickte zufrieden. Als sie den Schneider fragte, wieviel er denn für seine Arbeit bekäme und der antwortete: „Fünfundvierzig gute Groschen", verschwand das Lächeln aus ihrem Gesicht.

„Wieviel willst du? Fünfundvierzig gute Groschen? Für das bisschen Arbeit? Du solltest die Tracht ändern und keine neue nähen! Ich gebe dir zwanzig Groschen und keinen mehr, sonst war das die letzte Arbeit, die du für uns gemacht hast", fuhr die Bäuerin ihn an.

Der Schneider aber zuckte nicht einmal zusammen, sondern entgegnete nun laut und deutlich: „In Ordnung, dann nehme ich die Tracht jetzt wieder mit und ändere sie so, wie sie vorher war. Aber zwei von den Silberknöpfen werde ich abschneiden. Dann hast du eine Tracht, die nicht passt und ich zwei Silberknöpfe für meine Arbeit!"

Hieronymus dachte: „Nun ist sie wieder die Alte", und noch bevor die Bäuerin etwas entgegnen konnte, sagte er: „Lass nur, Bäuerin, er hat gute Arbeit geleistet und soll seinen Lohn haben. Außerdem werden wir ihn zur Hochzeit einladen, dann kann er uns ein großzügiges Geschenk machen und alles ist gut!"

Die Bäuerin war sprachlos, stimmte dann aber zu und gab dem Schneider die geforderte Summe. Ob das aber mit dem großzügigen Geschenk zur Hochzeit so klappen würde, da hatte sie doch ihre Zweifel.

Am Abend kamen alle Mägde und Knechte zum Erlenhof. Es hatte sich schnell herumgesprochen, dass der Kökschenabend heute hier stattfinden sollte und nicht am Dorfbrunnen. Hieronymus sollte das Tanzen lernen, hatte die Bäuerin gesagt, als sie die Mägde des Meyerhofbauern eingeladen hatte. Die sollten es im Dorf herumerzählen, dass jede Magd und jeder Knecht dazu eingeladen waren.

Nun standen sie im Flett des großen Bauernhauses und redeten wild durcheinander, die Mägde in der einen, die Knechte in der anderen Ecke, so wie es sich gehörte, als Hagemann mit seiner Fidel und sein Freund Hans mit der Teufelsgeige in der Hand das Haus betraten.

Ohne eine große Vorrede zu halten bestimmte Hagemann: „So, Kinder, es geht los! Wir beginnen mit der Kette, das ist am einfachsten zu lernen. Aufstellung nehmen! Hieronymus neben Margarete! Jeder fasst mit der rechten Hand die rechte Hand des Partners, dann drehen! Begegnet man dem nächsten Partner, mit der linken Hand die linke Hand des neuen Partners greifen, wieder drehen und immer so weiter! Wir beginnen ganz langsam. Jeder schiebt Hieronymus dahin, wo er hin muss! Alles klar? Los geht's!"

Hagemann nahm die Fidel, setzte sie auf seine Schulter, nickte Hans zu und schon begann die Musik zu spielen. Es klappte bestens, keiner brauchte Hieronymus irgendwo hinzuschieben. Es ging wie von alleine. War aber ja auch ein einfacher Tanz und man brauchte nur den Gehschritt, so wie Hieronymus es in der letzten Woche gelernt hatte.

Die Bäuerin freute sich, dass endlich wieder einmal etwas los war auf dem Erlenhof und tanzte auch mit. Es waren zwar einige Frauen mehr als Männer gekommen, das machte aber nichts, es wurde ja ohnehin alle vier Schritte der Partner gewechselt. Das war das Gute. Jeder tanzte mit jedem.

Viel zu schnell ging der Abend vorüber. Alle waren sich einig, dass man am nächsten Mittwoch wieder einen Tanzabend auf dem Erlenhof machen wollte. Die Bäuerin willigte ein und freute sich auch schon auf den nächsten Mittwoch. Nur Hieronymus war völlig erschöpft ...

Zwei Monate später:

Die Gäste waren alle eingeladen. Für das Überbringen der Einladung hatte Hieronymus den Hagemann gebeten, als Hochzeitsbitter zu fungieren. Hagemann hatte diese Aufgabe sehr gerne übernommen, gab es doch für den Überbringer dieser frohen Botschaft immer ein paar Groschen Trinkgeld von den Eingeladenen. Das konnte Hagemann auch gut gebrauchen, hatte er doch für den Bau seines neuen Hauses alles Ersparte aufgebraucht.

Es war schon eine mühsame Aufgabe, all die vielen Gäste einzuladen, die auf der langen Liste standen. Schließlich musste er auch in die Nachbardörfer und zu den Verwandten, auch wenn die längst von der bevorstehenden Hochzeit wussten. Ohne persönliche Einladung durch den Hochzeitsbitter ging es nicht.

Natürlich wurde Hagemann, wenn er seinen Einladungsspruch aufgesagt hatte, zu einem Gläschen Branntwein eingeladen, manchmal auch zu zwei oder mehr, da brauchte man schon einige Abende, um allen die Einladung zu überbringen.

Hagemann hatte sich immer in seinen besten Anzug gezwängt und war dann mit seinem mit bunten Bändern geschmückten

Bitterstock von Haus zu Haus gegangen und hatte seinen Einladungsspruch für die Hochzeit vorgetragen: „Für Margarete und Hieronymus bin ich los, um zu laden Klein und Groß für den Hochzeitsehrentag, den ich heut verkünden mag. Der 17. Dezember soll es sein, bei Tage und bei Kerzenschein. Macht euch alle dann sehr fein, aber auch nicht allzu fein, denn das Brautpaar soll das schönste sein!"

Am Montag sollte nun endlich das Schwein geschlachtet werden. Bis zur Hochzeit waren es noch elf Tage, die Feierlichkeiten begannen aber schon in neun Tagen mit dem Poltern und dem Kranzbinden. Es wurde also Zeit, dass auch die letzten Arbeiten erledigt wurden.

Schon morgens früh musste das Feuer unter dem Grapen entzündet werden, denn es dauerte wohl an die zwei Stunden, bis das Wasser kochte. Auf der Diele wurde der Schlachttrog kopfüber auf zwei Balken gelegt und ein Tau an einem dafür vorgesehenen Haken am Deckenbalken befestigt.

Mit dem Hellwerden kam der Schlachter. Zuerst wurde dem zum Tode geweihten Schwein die Schlinge eines etwa zwei Meter langen Strickes so in das Maul geführt, dass es hinter den Eckzähnen festsaß. Daran führte der Schlachter das Tier zum Schlachttrog, während ein Helfer es am Schwanz nachschob und steuerte.

Das Geschrei des Schweines war furchterregend. Den ganzen Weg bis zum Schlachttrog schrie und quiekte es aus vollem Hals. Spätestens jetzt wussten alle Nachbarn: „Heute ist Schlachtfest auf dem Erlenhof!"

War das Schwein betäubt, stand bereits eine Helferin mit einer Schale bereit, um das auslaufende Blut aufzufangen. Nun nahm der Schlachter mit geübter Hand sein Messer, stieß es in den Hals und durchschnitt die Schlagadern. Sofort schoss das Blut heraus und strömte in die Schale, wo die Helferin kräftig rühren und kneten musste, damit das Blut nicht gerann.

War das Tier ausgeblutet, wurde es vom Trog gestoßen, der Trog umgedreht und das tote Schwein bäuchlings hineingelegt.

Inzwischen wurde kochendes und kaltes Wasser in Eimern bereitgestellt, das der Schlachter so zu mischen verstand, dass es zum Brühen die richtige Temperatur hatte. Damit wurde das Schwein übergossen, bis sich die Haare leicht von der Haut lösen ließen.

Jetzt mussten wieder alle ran. Jeder bekam eine „Glocke", mit der sämtliche Haare am gesamten Körper entfernt werden mussten. Saßen sie noch zu fest, wurde nachgebrüht. Die „Glocken" hatten noch einen Haken, mit dem die „Schuhe", also die Hufe der Tiere, ausgezogen wurden. Nun noch die Augen ausstechen und die Ohren abschneiden. An den Hinterbeinen wurden längliche Schnitte gemacht, um die Sehnen freizulegen, durch die dann das Krummholz gesteckt wurde.

Das vorher am Deckenbalken befestigte Seil wurde nun um das Krummholz gelegt, wieder über den Haken geführt, so dass das Schwein wie an einem Flaschenzug hochgezogen werden konnte. Alle packten mit an und ruck-zuck hing das Schwein am Haken.

War zufällig jemand, der das Schlachten das erste Mal erlebte, anwesend, wurde dieser gebeten, doch bitte einmal die „Darmhaspel" vom Schmied zu holen, diese würde dringend benötigt. Er bekam noch einen leeren Sack mit, wohinein die „Darmhaspel" eingepackt werden sollte, dann ging es ab.

Der Schmied kannte das Spiel schon. Er bat den Boten einen Augenblick zu warten und füllte währenddessen im Nebenraum mehrere Teile Schrott in den Sack, band ihn zu und gab ihn dann dem armen Kerl mit, der schwer daran zu schleppen hatte. Das Gelächter war groß, wenn der Sack dann aufgemacht und statt einer „Darmhaspel", die es ja in Wirklichkeit gar nicht gab, der Schrott vom Schmied ausgepackt wurde.

Es wundert sicherlich niemanden, wenn der so Genarrte bei nächster Gelegenheit wieder einen Ahnungslosen bat, doch bitte einmal die „Darmhaspel" vom Schmied zu holen.

Während das Schwein über mehrere Stunden zum Auskühlen hängen blieb, begann der Schlachter, den Magen und die Därme zu reinigen. Schließlich sollte dahinein ja noch ein Großteil der Wurst gestopft werden und da war es schon angenehmer, wenn der Darm ordentlich gereinigt und sauber war.

Über Mittag war Pause. Das Schwein musste auskühlen, vorher konnte das Fleisch nicht verarbeitet werden.

Nachmittags ging es mit der Arbeit weiter. Zuerst wurde das Schwein vom Haken genommen und in Einzelteile zerlegt. Der Nachmittag gehörte dem Schlachter und den Frauen. Im großen Grapen wurden Fleischstücke und Wurst gegart, auf dem Herd das Schmalz ausgelassen.

Die Nachbarn wurden abends zur großen „Schlachteköst" eingeladen. Allerdings nur die Männer. Das ließ sich keiner entgehen. Es wurde reichlich aufgetragen. Zuerst eine Suppe mit reichlich Fleischklößchen. Dann frisches Mett (noch frischer geht nicht), Grützwurst, Innereien wie Leber, wer mochte, auch Nieren und frisches Wellfleisch.

Die Bäuerin hatte gemeinsam mit einer „Köchin", einer Frau aus dem Dorf, die bei allen Bauern half, wenn ein größeres Fest anstand, dem Schlachter genau gesagt, wie er das Fleisch aufzuschneiden hatte, damit es für das Hochzeitsessen passte.

Nachdem das Schwein, ein paar Gänse, eine Heidschnucke und ein Rind geschlachtet waren, konnte das Hochzeitsfest kommen.

Hieronymus war mit seinen Rappen nach Harburg gefahren und hatte genügend Bier und Branntwein geholt, jeder seiner Gäste sollte auf seiner Hochzeit so viel essen und trinken, wie er mochte.

Es waren viele Leute eingeladen worden. Das ganze Dorf, ein paar Bauern aus den Nachbardörfern und alle Verwandten von Margarete. Hieronymus bedauerte es, dass er seine Eltern und seinen älteren Bruder nicht einladen konnte. Von denen wusste er nicht einmal, was aus ihnen geworden war, nachdem er sie in Leoben, in der Steiermark, zurückgelassen hatte.

Am Mittwoch, zwei Tage vor der Hochzeit, begannen die Feierlichkeiten. Freunde, Bekannte und Verwandte waren gekommen, um nach uralter Sitte den Brautleuten Glück für ihre Zukunft zu wünschen, indem sie Gefäße aus Steingut vor der Tür des Brautpaares zerschlugen. „Scherben bringen Glück", hieß es, aber Scherben aus Glas durften es nicht sein, deshalb nahm man altes Geschirr aus Steingut oder Ton.

Hagemann und Hans waren wieder mit ihrer Fidel und der Teufelsgeige gekommen und brachten mit ihrer Musik die Gesellschaft gleich richtig in Schwung. Hieronymus hatte genügend Branntwein und Bier bereitgestellt, so dass schon an diesem Abend kräftig gefeiert werden konnte. Der Polterabend, so nannte man diesen alten Brauch, dauerte bis in die frühen Morgenstunden und der eine oder andere hatte Schwierigkeiten, sich nach dem vielen Branntweingenuss auf den Beinen zu halten.

Am nächsten Tag musste noch der Hochzeitskranz aus frischem Tannengrün gebunden und um die Haustür des großen Bauernhauses gelegt werden. Hagemann, der schon fast zur Familie gehörte, sooft war er die letzte Zeit auf dem Erlenhof gewesen, sollte das Tannengrün besorgen. Das musste aus dem Klecker Wald geholt werden, denn in Gerdesburg gab es keine Nadelbäume.

Gegen Abend kamen dann die jungen Mädchen und jungen Männer auf den Erlenhof, um eine ordentliche Girlande zu binden. Während die Männer sich schon bald dem Bier und Branntwein zuwandten, flochten die Mädchen fleißig an der Girlande. Als diese fertig war, wurde sie um die Haustür gelegt und zierte so den Eingang der Hochzeitstür.

Auch an diesem Abend wurde es wieder spät, allerdings nicht so spät wie am Vorabend, denn am anderen Morgen sollte ja die Hochzeit gefeiert werden.

Am Freitag ließen die ersten Gäste nicht lange auf sich warten. Schon früh am Morgen trafen die ersten Kutschen mit den zur Hochzeit geladenen Bauern der umliegenden Dörfer ein. Die Pferde mussten abgespannt und versorgt werden, wozu sich ein paar Knechte der anderen Bauern bereitgefunden hatten.

Jetzt mussten die Gäste versorgt werden. Es gab eine kräftige Hochzeitssuppe mit vielen Klößchen, Rindfleischstückchen und Gemüse. Das Essen hatten die Mägde der anderen Bauern bereitet. Sie waren schon seit Tagen im Einsatz. Es war selbstverständlich, dass man sich gegenseitig half, es war ein Dorf, eine große Gemeinschaft, keiner kam alleine zurecht, jeder brauchte mal irgendwann Hilfe.

Gegen Mittag kam Hagemann. Er hatte an diesem Tag neben Hans noch drei weitere Musiker mitgebracht. Einen mit einem Kontrabass, einen mit einer Trompete und einen mit einer Flöte. Die fünf hatten schon oft zusammen gespielt und machten gute Musik, dafür waren sie weit über die Grenzen Gerdesburgs hinaus bekannt.

Um ein Uhr sollte die Trauung sein, also begann man eine gute halbe Stunde vorher, sich auf dem Hof aufzustellen. Ganz vorne die Musik, dann das Brautpaar, das sich erst jetzt in feinster Hochzeitstracht dazugesellte, dahinter die Brautjungfern und Junggesellen, dann die Brautmutter, gefolgt von den Verwandten und der übrigen Hochzeitsgesellschaft.

Nun begann die Musik zu spielen und der Hochzeitszug setzte sich langsam in Bewegung. Kaum, dass man losgegangen war, begann die Kirchenglocke zu läuten und begleitete die Hochzeitsgesellschaft auf ihrem Weg zur Kirche. Beim Betreten der Kirche sangen die Kinder wieder einen Choral, diesmal von der Galerie.

Die Brautleute gingen bis vor den Altar, die Brautjungfern und Junggesellen stellten sich links und rechts des Altars auf.

Der Pastor hatte eine schöne Rede vorbereitet. Er lobte Hieronymus für dessen Standhaftigkeit gegenüber seinem Fürsten und dass er seinen evangelischen Glauben nicht verleugnet hatte. Er bescheinigte ihm ein hohes Ansehen, das er sich in den zwei Jahren, die er nun in Gerdesburg war, erworben hatte.

Er erinnerte an den Brautvater, Lutge Steinke, der so gerne die Hochzeit seiner einzigen Tochter miterlebt hätte, doch Gott hatte etwas anders mit ihm vorgehabt. Er kleidete das in so nette Worte, dass vielen der Anwesenden Tränen in die Augen kamen.

Als er dann fragte: „Hieronymus Köhler, willst du diese Margarete Steinke zur Frau nehmen, ihr treu zur Seite stehen, sie lieben und ehren, in guten wie in schlechten Tagen, bis dass der Tod euch scheidet, so antworte mit ‚Ja'."

Und nachdem Hieronymus mit einem lauten, klarem „Ja", geantwortet und er Margarete fragte: „Margarete Steinke, willst du diesen Hieronymus Köhler zu deinem Mann nehmen, ihm treu zur Seite stehen, ihn lieben und ehren, in guten wie in schlechten Zeiten, bis dass der Tod euch scheidet, so antworte mit ‚Ja'", standen auch der Bäuerin Tränen in den Augen.

Nachdem auch Margarete mit einem klaren „Ja" geantwortet hatte, erklärte der Pastor die beiden nun als vermählt und bat, die Ringe zu tauschen. Dann gab er ihnen Gottes Segen und entließ sie in eine glückliche Zukunft.

Nach der Trauung verließen zuerst die Hochzeitsgäste die Kirche und bildeten vor der Kirchentür ein langes Spalier, durch das das neu vermählte Paar seinen ersten Weg als vermählte Eheleute nehmen musste. Dann ging es mit der Musik voran zurück zum Erlenhof.

Das Brautpaar stand nun vor der geschmückten Hochzeitstür und nahm die Glück- und Segenswünsche der Hochzeitsgäste entgegen, während die Musik pausenlos spielte.

Drinnen waren die Tische gedeckt und alle warteten auf das umfangreiche Hochzeitsmahl.

Als alle Platz genommen hatten, ergriff Hieronymus das Wort und begrüßte seine Gäste auf Plattdeutsch. Das Erstaunen unter den Gästen war groß. War Hieronymus doch erst seit zwei Jahren in Gerdesburg und hatte bei seiner Ankunft noch nicht einmal ein einziges plattdeutsches Wort verstanden und jetzt begrüßter er sie auf Plattdeutsch! Na ja, so ein kleiner österreichischer Akzent war da noch rauszuhören, aber den würde er sich sicherlich auch noch schnell abgewöhnen.

Nachdem der Pastor, der selbstverständlich auch zu den Gästen zählte, das Tischgebet gesprochen hatte, begannen die Mägde, das Essen aufzutragen. Es wurden alle Speisen aufgetischt, die vorher in mühevoller Arbeit zubereitet worden waren. Rindfleisch, Schweinfleisch, Gänse, Heidschnucken und Wild, dazu Salzbohnen, Grütze und Brot. Alles kam gleichzeitig auf den Tisch, jeder konnte sich nehmen, was er mochte. Dazu standen große Krüge mit Bier und kleinere Karaffen mit Branntwein bereit.

Jeder langte kräftig zu, das Essen sollte nicht zu lange dauern, schließlich wollte man ja auch noch tanzen.

Gegen das unvermeidliche Magenkneifen, das einen nach so einer deftigen Mahlzeit heimsuchte, half nur das Trinken von ausreichend Branntwein. So viel gutes und vor allem fettes Essen war man ja schließlich nicht gewohnt.

Anschließend spielte die Musik auf und es wurde getanzt. Zuerst die Kette, so wie Hieronymus es gelernt hatte. Damit hatte dann auch gleich jeder mit jedem getanzt und so konnte es mit allen möglichen bunten Tänzen weitergehen.

Margarete und Hieronymus ließen keinen Tanz aus. Sie feierten die ganze Nacht hindurch und waren die glücklichsten Menschen der Welt. Nur bei der Mühle, da musste Hieronymus passen. Den Tanz hatte er nicht mehr gelernt. Der war auch schwierig. Jeweils vier Paare stellten sich über Kreuz auf, die Männer in der Mitte, die Mädchen außen. Dann ging es im Kreis herum, immer schneller, immer schneller, bis die Mädchen in der Luft flogen und sich wie Windmühlenflügel im Kreis drehten.

Die Bäuerin saß nachdenklich und versonnen am großen Tisch im Flett und sah dem munteren Treiben zu. Sie dachte an ihre eigene Hochzeit. Ihr Mann, Lutge Steinke, hatte damals die gleiche Tracht getragen, die nun Hieronymus trug. Sie hatte fast die gleiche Tracht getragen wie heute Margarete. Sie hatten auch eine große Hochzeit gefeiert, genau wie Margarete und Hieronymus heute. Wie waren sie glücklich gewesen. Zwanzig Jahre war das jetzt her. Wie hätte Lutge sich gefreut, wenn er die Hochzeit seiner einzigen Tochter hätte miterleben können. Lutge war nun schon zwei Jahre tot, er fehlte ihr. Vergessen würde sie ihn nie ...

Für Hieronymus begann nun ein neuer Lebensabschnitt. Jetzt gab es kein Zurück mehr. Er würde seine Heimat, die Steiermark, niemals wiedersehen. Er würde niemals zurückkehren zu seinen geliebten Eltern, zu seinem älteren Bruder. Er würde den Bergkramerhof, die Alm und seine alten Freunde aus Leoben niemals wiedersehen. Er würde in Gerdesburg bleiben und das Erbe seines Schwiegervaters fortführen. Sein Lohn dafür war reichlich: Er war jetzt mit der schönsten und liebsten Frau der Welt verheiratet ...

Epilog

Die Hochzeitsfeier am 17. Dezember 1607 endete wie immer. Man hatte mehr gegessen, als man eigentlich vertragen konnte, was dazu führte, dass das darauffolgende Magenkneifen mit reichlich Branntwein bekämpft werden musste. Vom Tanzen bekam man Durst, der wiederum mit großen Mengen Bier gestillt wurde. Da Bier bekanntermaßen nicht alleine getrunken wurde, sondern immer ein kleiner Schluck Branntwein dazugehörte, und die Feier bis zum frühen Morgen dauerte, hatte sich so mancher übernommen und den Weg nach Hause nicht mehr gefunden. Das war weiter kein Problem, in einer Ecke der großen Diele waren ein paar Bunde Stroh ausgelegt, auf denen jeder seinen Rausch ausschlafen konnte.

Die Feierlichkeiten gingen noch über zwei weitere Tage, so dass die Hochzeit über insgesamt fünf Tage gefeiert wurde. Das war durchaus üblich und erst 1686 verbietet eine „Hochfürstliche Verordnung" unter anderem das ausgiebige Feiern einer Hochzeit. Es darf unter Androhung von Strafe nur noch zwei Tage gefeiert werden. Die Gästezahl wird auf dreißig beschränkt. Dem „Prassen" soll entgegengewirkt werden, weil es in dem Verdacht steht, das Einkommen und damit den Zehnt zu kürzen.

Hieronymus Köhler wurde ca. 1580 in Leoben, Steiermark, geboren und 1599 wegen seines evangelischen Glaubens aus seiner Heimat vertrieben, kam nach Gerdesburg und heiratete die Erbtochter von Lutge Steincke, (Margarete?) Steincke. Somit wurde er Bauer auf dem Erlenhof in Gerdesburg.

Der Erlenhof dürfte schon damals der größte Hof in Gerdesburg gewesen sein.

Hieronymus Köhler war als standhafter evangelischer Christ bekannt und wurde Kirchenjurat (Kirchenvorsteher). Das konnte nur werden, wer Hofbesitzer war.

Aus der Ehe gingen drei Söhne hervor.

Hieronymus und Margarete nannten ihren erstgeborenen Sohn, wahrscheinlich im Andenken an den Vater der Frau, **Lutge** Steincke, Lüdeke.

Hieronymus dürfte es nicht leicht gehabt haben. Er kam nach Gerdesburg, als Hexenverfolgung an der Tagesordnung war. Niemand war sich sicher, ob er nicht schon morgen von irgendjemandem denunziert und als Hexe oder Zauberer beschuldigt wurde. Dreiviertel der Beschuldigten waren Frauen, aber auch Männer waren vor Verfolgung nicht sicher.

Ganz wesentlich dürfte dafür die Einstellung Martin Luthers gewesen sein, der glaubte, vom Teufel persönlich verfolgt zu werden. Er verabscheute das Übel der Hexerei zutiefst und brachte das auch mehrfach zum Ausdruck.

Luther war überzeugt von der Möglichkeit des Teufelspaktes, der Teufelsbuhlschaft (den Teufel als Geliebten) und des Schadenzaubers. Er befürwortete die Verfolgung von Zauberern und Hexen und berief sich dabei auf die Bibel, Zweites Buch Mose, 22, Vers 17:

„Die Zauberinnen sollst du nicht am Leben lassen."

In seiner Predigt am 6. Mai 1526 in der Schlosskirche zu Wittenberg äußerte er sich laut einer Mitschrift seines engsten Mitarbeiters Johannes Bugenhagen: „Es ist ein überaus gerechtes Gesetz, dass die Zauberinnen getötet werden, denn sie richten viel Schaden an, was bisweilen ignoriert wird, sie können nämlich Milch, Butter und alles aus einem Haus stehlen, indem sie es aus einem Handtuch, einem Tisch, einem Griff melken, das ein oder andere Wort sprechen und an eine Kuh denken ...

Sie können ein Kind verzaubern, dass es ständig schreit und nicht isst, nicht schläft und so weiter.

Auch können sie geheimnisvolle Krankheiten im menschlichen Knie erzeugen ... Deswegen sind sie zu töten ... Sie schaden mannigfaltig. Also sollen sie getötet werden, nicht allein, weil sie schaden, sondern auch, weil sie Umgang mit dem Teufel haben."

Wenn also irgendwo eine Kuh oder ein Schwein krank war und vorher eine Frau durch den Stall gegangen war, war es ein leichtes, sie der Hexerei zu bezichtigen und ihr den Prozess zu machen.

Sollte ein Kind viel schreien und nicht essen wollen, war meistens eine Hexe daran schuld. Es musste nur noch ergründet werden, wer vorher beim Kind war.

Da nur bestraft werden konnte, wer ein Geständnis abgelegt hatte, war es nicht immer einfach, eine vermeintliche Hexe der Tat zu überführen. Nach 1550 wurde deshalb die Folter eingeführt. Von da an mehrten sich die Hexenprozesse. Man kann sich nur schwer vorstellen, wie viele Menschen damals dem Hexenwahn zum Opfer fielen.

In Überlieferungen wird über die letzte Hexenverbrennung am 31. Juli 1661 in Gerdesburg berichtet. Demnach soll sich folgendes zugetragen haben:

Die blutjunge und bildhübsche Försterstochter Grete Feindt war bei einer wohlhabenden Familie im nahegelegenen Harburg als Hausmädchen angestellt.

Im Hause dieser Familie ging der damals schon über fünfzig Jahre alte Gerichtsdiener Peter Lukas Meineke ein und aus.

So lernte er bei einem Besuch des wohlhabenden Kaufmannes auch das Hausmädchen Grete Feindt kennen und verliebte sich auf Anhieb in sie. Also hielt er unvermittelt um die Hand der schönen Grete Feindt an und erbot sich auch, diese umgehend zu ehelichen.

Der Kaufmann sah wohl in den Antrag des alten Mannes, der ja eigentlich schon viel zu alt für das junge Mädchen war, keinen Hinderungsgrund, war dieser doch als Gerichtsdiener ein angesehener Mann. Er berichtete darüber an den Vater der Grete Feindt, den alten Förster und bat um dessen Einwilligung.

Gleichzeitig teilte seine Frau der in ihrem Hause angestellten Grete Feindt mit, dass der Gerichtsdiener Peter Lukas Meineke beabsichtige, diese zu ehelichen.

Der Förster dankte in einem Schreiben für die große Ehre und gab ohne weiteres seine Einwilligung, sah er doch mit dieser Heirat seine Tochter gut versorgt.

In dem jungen Mädchen, das ja gar nicht gefragt und über deren Kopf hinweg entschieden wurde, ging eine große Veränderung vor. Sie saß, anstatt zu arbeiten, fortan vor sich hinbrütend am Spinnrad und in der Küche und weigerte sich entschieden, dem Gerichtsdiener die Hand zum Ehebunde zu reichen.

Als dieser eines Tages zu ihr ins Zimmer trat und ihr persönlich seinen Heiratsantrag machte, floh sie auf die Galerie im Flur des Hauses und sank dort wie leblos zusammen. Man musste sie ins Bett tragen, wo sie anfing zu phantasieren, und nach einem „Gerhard" zu rufen, der sein Pferd satteln und zu ihr kommen sollte, um sie zu holen und zu retten.

Als sie nach einigen Tagen wieder zu sich kam, wusste sie von all dem, was sie phantasiert hatte, nichts mehr, blieb von nun an aber wie in einem Traum gefangen und starrte mit großen blauen Augen gedankenlos vor sich hin.

Dem alten verliebten Gerichtsdiener Meineke ging es aber noch viel schlechter. Der gebärdete sich wie ein Irrer. Er erzählte allen, dass die Grete es ihm angetan habe, sie müsse ihn behext haben, er könne ohne sie nicht leben, und er würde sich töten, wenn er das Mädchen nicht zur Frau bekäme.

Grete aber blieb stur und wollte nichts von der Liebe des alten Mannes hören.

Der Gerichtsdiener erhängte sich angesichts der verschmähten Liebe tatsächlich. Das auch ausgerechnet noch in dem Hause, in dem das junge Mädchen schlief.

Der Fall machte großes Aufsehen. Schnell war man sich einig, dass es hierbei nicht mit rechten Dingen zugegangen sein konnte. Der Selbstmörder hatte allen seinen Freunden, Verwandten und Bekannten immer wieder versichert, das Mädchen müsse es ihm „angetan haben". Eine geheime, unerklärliche Macht würde ihn dazu zwingen, sich selber zu töten.

Damit war allen klar: Grete Feindt musste eine Hexe sein, die mit dem Teufel in enger Verbindung stand.

Schon viel geringere Ursachen konnten damals eine Frau in den Verdacht bringen, eine Hexe zu sein. Und wo der Verdacht erst Platz gegriffen hatte, da waren auch die Anklage und Folter nicht mehr fern.

Grete Feindt wurde der Hexerei und des bösen Zaubers, ausgeführt an dem so schmählich zu Tode gekommenen Gerichtsdiener Peter Lukas Meineke angeklagt.

Weil nur verurteilt werden konnte, wer ein Geständnis abgelegt hatte, brachte man sie kurzerhand in die Frohnerei, um ihr so ein Geständnis abzupressen. Der Hergang bei Hexenprozessen war immer derselbe. Es wurde so lange gefoltert, bis der Beschuldigte als Folge der unerträglichen Quälereien alles gestand, was man von ihm haben wollten.

So auch hier. Grete Feindt bekannte sich unter den Folterqualen schuldig, dass sie mit dem Teufel in Verbindung stehe, den sie bereits im Hause des Oberförsters kennen gelernt habe. Er habe sich Junker Gerhard genannt und sei ihr stets in Gestalt eines hannoverschen Reiteroffiziers erschienen. Er habe sie zu nächtlichen Zusammenkünften überredet. So habe er sie auch im Hause des Kaufmannes nachts auf ihrem Zimmer besucht.

Auch habe er ihr gezeigt, wie sie es zu machen habe, wenn sie einen Mann in sich verliebt machen wolle. Dieses Mittel habe im Sprechen eines „Hexenspruches" bestanden. Diesen Spruch habe sie auch bei dem Herrn Gerichtsdiener angewandt.

Nachdem man ihr dieses wahnsinnige Bekenntnis abgefoltert hatte, wurde das Urteil gesprochen, das, wie nicht anders zu erwarten, lautete: „Die Hexe sei, in ein härenes Gewand gekleidet, zu verbrennen."

Am 31. Juli 1661 wurde die achtzehnjährige Grete Feindt als Hexe verbrannt. Sie war dort das letzte Opfer dieser wahnsinnigen Hexenprozesse.

Vielmehr aber dürfte Hieronymus Köhler und dem gesamten Ort Gerdesburg der Dreißigjährige Krieg zugesetzt haben.

Hieronymus Sohn Lüdeke war gerade ein Jahr alt, als der Prager Fenstersturz 1618 den dreißigjährigen, verheerenden Krieg auslöste, dem fast die Hälfte der gesamten Bevölkerung zum Opfer fiel. Zu Beginn des Krieges zählte die Bevölkerung des Deutschen Reiches achtzehn Millionen Einwohner, zum Ende des Krieges waren es noch neun Millionen.

Zwar wurde Gerdesburg, ebenso wie die umliegenden Dörfer, von direkten Kriegshandlungen verschont, die aber immer wieder durchziehenden Truppen und plündernden Horden machten der Bevölkerung arg zu schaffen.

Als 1627 schwedische Truppen von Norden her in Gerdesburg einrückten, um sich den vorwärtsdrängenden Truppen des Tilly entgegenzustellen, hatten die Söldner auf dem Weg in die Nordheide bereits etliche Häuser geplündert und ganze Dörfer niedergebrannt. Einige Dörfer wurden niemals wieder aufgebaut, ihre Bewohner waren erschlagen oder vertrieben worden.

Hieronymus mag sich möglicherweise mit seinem Geld, das er aus der Steiermark mitgebracht hatte, freigekauft haben, seine Vorräte an Fleisch und lebenden Tieren wurden aber sicherlich konfisziert. Immerhin wurde sein Haus nicht niedergebrannt.

Am nächsten Tag zogen die Truppen weiter über Besendorf nach Hanstedt, wo zwei Höfe abgebrannt wurden, die Höfe Nr. 4, Schroers, ebenso wie die Kothe Nr. 11, Brenners, die im Anschluss über 100 Jahre „wüste" lag.

Laut Kriegsschadensverzeichnis Winsen (Luhe) sind bis 1627 im Amt Winsen bereits einhundertzweiundfünfzig Höfe, achtundzwanzig Kothen und zweiunddreißig Brinksitze abgebrannt.

Als die Truppen am darauffolgenden Tag Wilsede erreichten, setzte sich der Bauer vom Hof Nr. 1, Carsten Hilmer, zur Wehr. Er wollte sein letztes Geld nicht herausgeben, woraufhin die Schweden ihn vor den Augen seiner Frau und seinen kleinen Kindern in seinem eigenen Backofen verbrannten.

Tilly konnte sich gegen die schwedischen Truppen nicht durchsetzen und wurde bei einer Schlacht an der Unterelbe verwundet und dann im September 1627 ins Schloss nach Winsen (Luhe) zur Genesung gebracht.

Anschließend zog er weiter nach Sachsen und Sachsen-Anhalt, wo es 1631 zur Schlacht um Magdeburg kam. Hier wird die ganze Grausamkeit des Krieges deutlich.

Die Bevölkerung galt als „vVogelfrei" und wurde brutal niedergemetzelt. Die gesamte Stadt wurde geplündert und in Schutt und Asche gelegt. Von den 1 900 Häusern wurden 1 200 niedergebrannt. Von den 35 000 Einwohnern, die zu Beginn des Krieges in Magdeburg gewohnt hatten, wurden gerade noch 450 gezählt, die das Massaker überlebt hatten.

Der erste Sohn von Margarete und Hieronymus Köhler, Lüdeke Köhler, wurde 1617 auf dem Erlenhof in Gerdesburg geboren. Er übernahm den Hof von seinen Eltern und war Bauer wie sein Vater.

Er wurde schon mit 23 Jahren Kirchenjurat (Kirchenvorsteher), wahrscheinlich, weil sein Vater in einem Alter von 60 Jahren krank und hinfällig war.

Er dürfte wohl die Anschaffung des Taufkruges im Jahre 1649 mit der Inschrift „Der Karken tho Gerdesborgh" veranlasst haben. Der Taufkrug ist erhalten und findet noch heute Verwendung.

Da zu seiner Zeit die Schulen der Kirche unterstanden, ist davon auszugehen, dass er maßgeblich an der Einführung und am Bau der ersten Gerdesburger Schule im Jahre 1651 beteiligt war. Nach dem „General-Visitations-Protokoll" betrug die Schülerzahl aus dem gesamten Kirchspiel im Jahre 1694 vierzig Schüler.

Margarete und Hieronymus konnten noch miterleben, wie ihr Enkelsohn Lippolt im Jahr 1640 geboren wurde. Sie ahnten nicht, dass dieser einmal eine Frau aus Wilsede, Maria Cordes, heiraten würde.

Maria Cordes war die Tochter des Interimswirtes Lütke Cordes aus Hörpel Nr. 3, der nach der grausamen Verbrennung des Wirtes Carsten Hilmer, Wilsede Nr. 1, im Jahre 1627 durch die Schweden dessen Witwe heiratete.

Der Winter 1650/51 war hart gewesen. Bereits zu Beginn des Monats Dezember fiel der erste Schnee und überzog das ganze Land mit einer weißen Decke. Im Januar hatte es nochmals kräftig geschneit und die Temperaturen sanken bis weit unter den Gefrierpunkt.

Für das Wintergetreide war es gut gewesen. Das war durch die geschlossene Schneedecke gut vor der Kälte geschützt. Schlechter hatte es das Wild in Feld und Wald. Um an das spärliche trockene Gras oder Heidekraut zu gelangen, mussten sie zunächst mit ihren Hufen den Schnee beiseite räumen. Die Kälte setzte ihnen arg zu. Auch die Vögel hatten es nicht leicht, war doch ihre Nahrung unter dem Schnee begraben.

Jetzt, zu Beginn des Monat März, wurde es angenehmer. „Der März bringt sieben Sommertage", lautete eine alte Bauernregel.

So ein herrlicher Sommertag war es auch heute, an einem Sonntag im März. Der Himmel leuchtete an diesem Tag in einem strahlenden Blau und die Sonne schickte ihre ersten wärmenden Strahlen zur Erde.

Die Schneedecke war nicht mehr geschlossen, an einigen Stellen war der Schnee schon weggeschmolzen und machte den Weg frei für neues Leben, das hier schon bald entstehen und das braune Gras verdrängen würde.

Im Garten sprossen die ersten Schneeglöckchen und senkten bescheiden ihre Blüten.

Die ersten Meisen machten mit ihrem fröhlichen „zi-zi-däh, zi-zi-däh" auf sich aufmerksam und kündigten an, dass das Frühjahr nicht mehr weit sein konnte. Schon bald würde die Feldarbeit wieder beginnen und in der Natur würde alles zu neuem Leben erwachen.

Vom Dorf her erklang die Kirchenglocke und rief die Gemeinde wie an jedem Sonntagmorgen zum Gottesdienst.

Margarethe saß bei Hieronymus am Bett. Die hellen Sonnenstrahlen fielen durch das Fenster, durchfluteten den Raum mit hellem Licht und spendeten ein wenig wohlige Wärme.

Hieronymus war blass geworden. Alle Farbe war aus seinem Gesicht gewichen. Er dachte an seine Kindheit in Leoben in der Steiermark, an die Zeit auf dem Bergkramerhof, die schönen, langen Sommer, die er als Senner auf der Kreuzeckalm verbracht hatte.

Dann sah er seine Eltern und seinen älteren Bruder vor sich, die Flucht vor den Schergen des Herzogs, seine Zeit auf der Hofburg in Wien und auf der Burg in Prag, seine Ankunft in Gerdesburg und seine Zeit auf dem Erlenhof. Sein ganzes Leben lief noch einmal vor ihm ab. Jetzt stand der Tod vor seinem Bett.

Während Margarete seine Hand hielt und diese zärtlich streichelte, dachte er an den alten Knecht Karl, wie zuversichtlich der von dieser Welt gegangen war.

Margarete strich ihm noch einmal über das längst ergraute Haar und küsste ihn sanft auf die Stirn, als sie ihn mit leiser, brüchiger Stimme sagen hörte: „Lebe wohl, Margarete, es war schön mit dir! Ich danke dir für alles, was du mir gegeben hast. Jetzt ruft Gott, der Herr, mich zu sich. Er holt mich in eine Welt in der es viel, viel schöner ist, als wir uns das vorstellen können …"

EIN HERZ FÜR AUTOREN A HEART FOR AUTHORS À L'ÉCOUTE DES AUTEURS MIA ΚΑΡΔΙΑ ΓΙΑ ΣΥΓΓ
HJÄRTA FÖR FÖRFATTARE UN CORAZÓN POR LOS AUTORES YAZARLARIMIZA GÖNÜL VERELIM SZ
ORE PER AUTORI ET HJERTE FOR FORFATTERE EEN HART VOOR SCHRIJVERS TEMOS OS AUT
RCEZOINKÉRT SERCE DLA AUTORÓW EIN HERZ FÜR AUTOREN A HEART FOR AUTHORS À L'ÉCOL
RAÇÃO ВСЕЙ ДУШОЙ К АВТОРАМ ETT HJÄRTA FÖR FÖRFATTARE Á LA ESCUCHA DE LOS AUTO
TEURS MIA ΚΑΡΔΙΑ ΓΙΑ ΣΥΓΓΡΑΦΕΙΣ UN CUORE PER AUTORI ET HJERTE FOR FORFATTERE EEN
YAZARLARIMIZ ZERZŐINKÉRT SERCE DLA AUTORÓW EIN HERZ FÜ
OR SCHR RAÇÃO ВСЕЙ ДУШОЙ К АВТОРАМ ETT HJÄRTA FÖ

Der Autor

Franzi Hermann wurde 1945 in den letzten Kriegs-
tagen in einem kleinen Ort in der Lüneburger
Heide geboren. Nach der Volksschule absolvierte
er eine landwirtschaftliche Lehre und übernahm
1965 den elterlichen landwirtschaftlichen Betrieb.
Seit 1967 war er als selbständiger Viehkaufmann
tätig. Sein Engagement galt stets dem Berufs-
stand; so war er auch mehrere Jahre Präsident des
Deutschen Vieh- und Fleischhandelsbundes. Zu
seinen Lieblingsaktivitäten gehören neben dem
Viehhandel die Waldarbeit. Nebenbei war er auch
politisch tätig und übte 17 Jahre das Amt eines
Bürgermeisters aus. 29 Jahre war er im Kreistag
tätig, 4 Jahre im Niedersächsischen Landtag (MdL).
Zudem betätigte er sich bei der Feuerwehr als stell-
vertretender Kreisbrandmeister. „Hieronymus" ist
seine erste Veröffentlichung.

Der Verlag

*Wer aufhört
besser zu werden,
hat aufgehört
gut zu sein!*

Basierend auf diesem Motto ist es dem novum Verlag
ein Anliegen, neue Manuskripte aufzuspüren, zu ver-
öffentlichen und deren Autoren langfristig zu fördern.
Mittlerweile gilt der 1997 gegründete und mehrfach
prämierte Verlag als Spezialist für Neuautoren in
Deutschland, Österreich und der Schweiz.

**Für jedes neue Manuskript wird innerhalb we-
niger Wochen eine kostenfreie, unverbindliche
Lektorats-Prüfung erstellt.**

Weitere Informationen zum Verlag und
seinen Büchern finden Sie im Internet unter:

www.novumverlag.com

Zeitfracht Medien GmbH
Ferdinand-Jühlke-Straße 7
99095 Erfurt, Deutschland
produktsicherheit@kolibri360.de